Pierluigi Camilli

DALLA VALLICELLA
A MENDRISIO

Una vita movimentata...
con calma!

PRIMA PARTE: FINO ALLE MEDIE

PREMESSA

Questa è la storia di un uomo che, vivendo come in un sogno, si è trovato a veder passare una guerra quando era ragazzino; da giovane fino alla vecchiaia ne sta subendo un'altra, di altro genere la quale sta coinvolgendo in prima persona anche bambini che, senza rendersene conto ne sono protagonisti fin dalla tenera età; indirizzati non a giochi di pace ed equilibrio ma alla lotta armata, alla prepotenza.

Anche lui da bambino ha finto di fare "alla scherma" come Ettore Fieramosca con spade finte o di essere Tom Mix sparando con la bocca, chi non lo ha fatto!, ma poteva accadere che uno si facesse male e ciò dava da riflettere.

Oggi la guerra finta, non dà dolore alcuno ed hai vite di ricambio e diventi spietatamente prepotente, dato che personalmente l'unico danno che ne puoi ricevere è che ti si scarichi la batteria: è una corsa alla vittoria indolore ed al consumismo.

Speriamo sia questo un giudizio sbagliato e che, soprattutto certe situazioni ante e post belliche, non siano più ripetibili.

Questa storia sarà divisa in più parti, per esigenze editoriali.

ALLA MIA FAMIGLIA

in specialmodo ai miei nipoti i quali credono di fare grandi sacrifici per studiare, pur avendo a disposizione molti mezzi ed hanno chi li accompagna, all'occorrenza!
Inoltre avrebbero una grande facilità di ricerca senza la necessità di recarsi nelle biblioteche a Roma, come ai miei tempi.

Le note tra parentesi quadre, sono tratte dal diario di Adelina (Adele Granchielli in Morelli) curato da Carla e Pierluigi Camilli.

PRIMA PARTE

CAPITOLO 1°

1.1 I primi sei anni di vita.

Fin da bambino ho avuto una curiosità innata ed una parlantina spedita già dall'età di tre anni; a quattro anni e mezzo sapevo leggere e scrivere in stampatello; per questo mio padre mi permise di non andare all'asilo dalle monache.

Mia madre si oppose e discusse con mio padre sull'opportunità di mandarmi comunque all'asilo, così avrei imparato, oltre alla educazione, anche a pregare; mamma si sentì rispondere che per le preghiere bastavano quelle che mi stava insegnando lei e quelle che avrei imparato al catechismo, quando sarebbe stato il momento.

Riguardo all'educazione non gli sembrava fossero più educati coloro che andavano dalle monache o dai frati rispetto a quelli, come lui, che non frequentavano ambienti monastici. Gli altri, infatti, quasi tutti bestemmiavano e dicevano parolacce mentre mio padre no, non ne diceva! Effettivamente in casa nostra non si sparlava né si bestemmiava. Lui non è che fosse ateo ma non andava in chiesa.

A volte, mi sembrava quasi di essere un minorato, avendo un padre che non bestemmiava né urlava per farsi ubbidire dai figli o nelle rare discussioni che aveva.

Il mio nome è Pierluigi, però gli amici mi chiamavano Pierlù. Sono nato nella zona chiamata Vallicella di un paese vicino Roma, Moricone. Dopo pochi mesi dalla nascita, la mia famiglia si trasferì nel Vecchio Borgo.

A proposito di figli, ero l'ultimo di quattro, (poi, quando arrivai a nove anni, si aggiunse una sorellina): avevo due sorelle ed un fratello; c'era poi una zia, cugina di mio padre che stava, ad eccezione della notte, sempre in casa nostra ed aiutava: zia Ginevra, *"zzì Ginevora"*. Prima che mi dimentichi: mio padre si chiama[1] Alfonso e mia madre Cecilia.

Ricordo, come in un sogno, che mia sorella Irene e Tranquilla, una vicina di casa, spesso bisticciavano per pettinarmi, dato che l'amica si considerava anche lei una sorella più grande! Ricordo anche, avrò avuto cinque anni, quando mio cugino *Giammattista* (Giovanni Battista) mi portò da Raimondo il barbiere e mi fece tagliare i boccoli biondi; uno me lo mise in mano dicendo:«*Tè, reportalu a zia pé ricordo. Ormai pórti i carzunitti*[2] *e non pó tené più i boccoli come 'na monèlla!*»; quando mi riaccompagnò a casa, fu una tragedia: mia madre prese la scopa e lo rincorse fin sotto il Mandrio; il resto della famiglia, tutti ad inveire contro di lui, tranne papà ed ovviamente io! A proposito di boccoli, l'ultimo boccolo biondo fu proprio quello che portai a mia madre poiché in seguito i capelli hanno cominciato ad imbrunirsi ed il biondo è scomparso; nella restante peluria, barba compresa, c'è, anzi c'era, qualche riflesso rossiccio.

Riguardo al Mandrio, "*u Mandriu*": è lo spazio subito dopo l'uscita dal Vecchio Borgo lato sud-est; la maggior parte delle persone pensano che sia il sottopassaggio, lungo una ventina di metri, per entrare nel Borgo, credendo che facesse parte delle mura di fortificazione (non più esistenti) e nell'arco vi fosse stata una porta d'accesso. La porta c'era, ma le mura passavano a circa dieci metri e quella porta veniva chiusa la sera per impedire agli armenti che vi pernottavano di girare per le vie del paese. Ecco il perché del Mandrio.

Ricordo anche che Marsilio Aureli, proprietario della costruzione sopra il "tunnel" del Mandrio e podestà decaduto, spesso veniva a trovare mio padre, essendo amici e coetanei: si portava sempre il Messaggero, mi si metteva sulle ginocchia e mi faceva leggere il giornale dicendo: «Questo bambino bisognerà farlo studiare, finito le scuole»; io

---

1 per me si chiama ancora !
2 Fino agli anni 50 sia bambine che bambini, i primi mesi di vita venivano fasciati, poi indossavano gonnelline

pensavo, "Ma perché, se ho finito, devo continuare a studiare?".

Inoltre la mente mi riporta alle giornate uggiose di pioggia, quando io e Piermichele, maggiore di quattro anni, stavamo delle ore "spiaccicati" al vetro della finestra, in cucina, a giocare alla corsa "*de 'e colate*", delle gocce. Che gioco era? A quel tempo, e fino a qualche decennio fa, la corrente elettrica veniva fornita per mezzo di fili aerei che, con supporto di mensole ed isolatori in ceramica, ad un'altezza di quattro o cinque metri, attraversavano tutto il paese. Ovviamente, quando pioveva, sui fili si formavano delle gocce e, siccome i fili non erano perfettamente orizzontali, queste vi scorrevano sopra.

Proprio davanti alla finestra della cucina, passavano tre fili; si sceglieva quale dei tre fili fosse dell'uno e quale dell'altro, si determinava il momento che le gocce erano parallele e si dava il via: la goccia che resisteva più a lungo o arrivava prima all'altra mensola, aveva vinto!

Quante discussioni per "aver capito male quale filo si fosse scelto", quando mio fratello perdeva!

Non ricordo se quel gioco ce lo avesse insegnato nostro padre o zii Ginevora. Una cosa era certa: quando pioveva, non ci annoiavamo!

Quando uscivi dal Mandrio ti trovavi in via del Forno e di fronte, ad una decina di metri, c'era la scala che terminava su una specie di loggetta con una porta arrotondata, a sinistra una specie di ripostiglio con una finestrella e con copertura di eternit: era il nostro gabinetto; il primo al Vecchio Borgo dopo quello delle Monache! L'unica cosa non tanto "trionfale" era che, avendo la loggetta in comune col compare Peppe, anche il gabinetto lo era!
Ora non è più così, a parte la scala ch'è sempre quella.

Ricordo che siamo stati anche i primi ad avere l'acqua "corrente", al Borgo.

...Corrente! Quasi corrente: mio padre aveva fatto l'impianto coi tubi che andavano a finire in un serbatoio posto nella camera grande, situata più rialzata della cucina; a turni, fino al dopoguerra, si prendeva l'acqua dalla fontanella del Mandrio e si riempiva il serbatoio.

Per tale operazione nostro padre aveva costruito un piccolo giogo, che permetteva di trasportare due secchi senza troppa fatica.

Casa nostra in Via del Forno 23.

Entrando dalla loggetta descritta precedentemente, c'era la cucina: a sinistra il lavandino con il ripiano per la conca ed altri secchi; sotto il lavandino il secchio[3] dei rifiuti per il maiale e le galline che noi non avevamo ma zia *Sabetta* (Elisabetta) e nonna Maria sì; il tavolino che terminava al confine con la finestra; dopo la finestra si incontrava il camino (adoperato raramente) coperto da una tendina, dietro la quale trovavano posto i sacchi della segatura ed altra cianfrusaglia; continuando c'era la porticina per scendere al negozio di generi alimentari per mezzo di una scala a chiocciola; poi s'incontrava la stufa accostata a due scaloni, che portavano di sopra al "camerone"; accostata alla parte destra dei scaloni c'era la *"martora"*(madia) ed il giro termina dietro la porta d'ingresso, dove c'era la scopa e la pattumiera. Salendo per i due gradini, si entrava in uno stanzone di circa 70 mq, diviso in camere con tramezzi di tavola o da tende.

Ogni volta che ripenso a "casa vecchia", come un monumento nazionale vedo la stufa! Era sempre carica, tranne l'estate; mi spiego: papà aveva ideato un sistema quasi banale; metteva un bastone adeguatamente preparato dentro la bocca di fuoco ed un altro identico in verticale al centro togliendo i cerchi che formavano il ripiano, tenendo il bastone fermo in piedi, cominciava a riempire il vano della stufa con la segatura comprimendolo man mano che lo ricopriva; una volta completato il riempimento, toglieva i bastoni, rimetteva i cerchi e dava fuoco alla segatura: nel giro di un quarto d'ora la stufa era calda. La segatura la

---

3 Noi avevamo lo scarico del lavandino collegato alla fogna ma di solito andava nel secchio del maiale, poiché allora non si usavano detersivi ma la scolatura bollente della pasta per lavare le stoviglie.

raccoglievamo o nella segheria del compare Marco o nella falegnameria di Scanzani.

1.2 A scuola, poi la guerra.

Nel 1941 mi ritrovai con un grembiulino nero col fiocco bianco ed una cartella di fibra rigida grande quasi quanto me a tracolla: cominciai ad andare a scuola. Il mio orgoglio non era perché già sapessi leggere, no, anzi ero quasi in imbarazzo per questo: il mio orgoglio, oltre alla cartella robusta, quasi indistruttibile[4], era l'astuccio di legno intarsiato, dove trovavano posto la matita, il temperamatite, sei pastelli Fila, una penna con pennino a torretta (nemmeno il figlio del podestà aveva un pennino così!) ed una gomma per cancellare a doppio uso: bianca e morbida per la matita, azzurrina e rigida per la penna! Quello che mi mandava in visibilio, dell'astuccio, era l'incavo dove si appoggiava il dito per far scorrere il coperchio tra gli incastri.

A scuola la maestra mi chiamava quasi sempre per leggere qualche brano del libro agli altri scolari. Ero un bravo scolaro, mi ricordò la Maestra Ines dopo molti anni, quando la incontrai; lei era insieme alla figlia. Quasi si vantava di avermi avuto per alunno e disse alla figlia: « Pensa, un giorno dissi di scrivere gli animali domestici che conoscessero» e rivolta a me:«Ti ricordi?» "No" dissi io...« tra gli animali domestici lui ci mise la mosca! Io divertita dissi che non era un animale domestico ma lui rispose che se andava a posarsi persino sul piatto quando mangiava....più domestico di così!» ci salutammo divertiti.

Ricordo che una sera, a casa, vennero spostati i mobili nella stanza grande, perché papà, ai giovani che dovevano partire per il militare, organizzava serate danzanti: «Così potranno» diceva lui « ricordare belle serate nei momenti tristi del fronte»; non capivo bene cosa volesse dire, ma a me piaceva e siccome questo accadeva tutte le sere, a volte mi

---

4 normalmente le cartelle erano di cartone pressato; mentre le nostre erano di una fibra particolare.

permettevano anche di cambiare i dischi. Ormai avevo sei anni!

Andavo matto per "*La mazurka della nonna*" e quindi diventava il disco più ballato! Ricordo ancora quasi tutti i titoli: da "*Speranze perdute*" a "*Silenzioso slow*" che, alla radio, veniva presentato come "*Abbassa la tua radio*", visto che non era permesso usare parole straniere, specialmente inglesi.

Ricordo che in alcuni dischi era stato incollato un bigliettino col nome della ragazza che lo preferiva; per esempio *Assunta* su "Speranze perdute*", *Ada* su "Danubio blu", *Giovanna* su "Ba ba baciami piccina" e così via. Non dimentichiamo che in seconda elementare, leggevo meglio di uno di quarta! Per la cronaca, all'epoca, i dischi erano a 78 giri e facili alla rottura.

Una sera, mentre ballavano, dal pavimento uscì del fumo. Il pavimento era fatto di mattoni grezzi, lisciati per l'uso e tanto sconnessi che, spazzando, se ne uscivano dal pavimento e bisognava riposizionarli; il soffitto della stalla che era sotto, ovviamente era con travi di legno. Vedendo il fumo, tutti si allarmarono, pensando che avesse preso fuoco il fieno nella stalla di zia Severina; così, pensarono bene di alzare alcuni mattoni, praticare dei fori e gettarvi dell'acqua; di lì a qualche secondo, urla e bestemmie dalla stalla: stavano praticando dei fumenti al somaro perché aveva i reumatismi!

Un'altra cosa non capivo, allora: perché papà due volte al giorno, mettesse un altoparlante da tavolo appoggiato sul davanzale della finestra della cucina ed accendesse la radio e fuori, sugli scaloni delle porte di fronte al negozio, si sedevano alcuni uomini, che discutevano e commentavano quello che dicevano alla radio. L'altoparlante era composto da un cerchio con un fusto terminante su di un piedistallo; il cerchio era chiuso da una membrana conica con al centro un marchingegno con una calamita.

Ricordo anche che di apparecchi radio, in paese, erano pochissimi: quello al Municipio, all'Ufficio di collocamento ed in altre tre o quattro famiglie.

Promosso dalla seconda elementare, a fine settembre del 1943 sarei dovuto andare in terza, ma i tedeschi avevano occupato l'edificio scolastico e per quell'anno era finita la scuola! Per noi bambini furono giorni quasi di festa; per gli altri soprattutto, perché per me durò poco!

Durò poco perché mio padre, oltre ad essere l'elettricista del paese ed avere la bottega nel Vecchio Borgo, aveva, tre anni prima, cioè nel 1940, aperto una gelateria nella piazza centrale.

Andavo molto fiero di lui: non urlava mai, non bestemmiava, era molto paziente con tutti (soprattutto con me), non fumava (veramente l'avevo visto fumare qualche volta ma mi sembrava fosse un sogno); mi aveva insegnato a leggere, a fare gli aerei di carta e a disegnarli con due o tre mosse, mi aveva spiegato come si giocava a dama ma oltretutto, mi aveva   detto mia sorella più grande, che nel 1927 (quando era nata lei) il primo impianto elettrico nel paese l'aveva fatto lui!

Cosicché, in mezzo a questi daffare, eravamo tutti impegnati con qualche mansione; io ero, soprattutto, una specie di fattorino che doveva spostarsi da una parte all'altra perché c'era sempre qualcosa da portare o andare a prendere. Però, essendo amico quasi di tutti, trovavo sempre qualcuno che mi facesse compagnia...

Non solo, ma per certi versi ero, mio malgrado, un piccolo caposquadra: qualsiasi cosa dovevamo fare, i compagni di gioco, chiedevano sempre a me se andava bene; se poi ci fosse stato qualcuno che si poteva sentire sminuito da questo fatto, non esitavo a passare in seconda linea (cosa che accade ancora).

Questo carattere sicuramente l'ho ereditato dai miei genitori.

Mia madre, Cecilia, a primo acchito sembrava una donnetta insignificante ed ignorante, soprattutto perché era raro che parlasse in italiano dato che la sua "madre lingua" era il dialetto del paese. Però se uno parlava con lei senza prevenzione, si accorgeva che era tutta un'altra cosa: solo il fatto che conoscesse quasi tutte le operette e svariate opere liriche, già la dice lunga; anche se quando recitava le preghiere in latino se ne usciva con certi strafalcioni......Ma sopratutto era molto umana e non c'è stata una sola persona, venuta a chiedere aiuto, che se ne sia andata via a mani vuote. Il suo motto era " *fa bene e scordate, fa male e penzace!*"

Dai comportamenti dei miei, credo mi considerassero assai affidabile.

Quando, però, il giorno che Vittoria, una delle sorelle, mi mandò a prendere le uova al negozio nel Vecchio Borgo e mi fermai, con le uova in tasca, a bisticciare con Graziano e delle sei uova mi rimasero in tasca solo i gusci con un po' di albume, la fiducia cominciò a scemare! L'affidabilità vacillò.

Ma era più forte di me: se m'incontravo con Graziano, sembrava di assistere all'incontro di un cane e un gatto; tutto cominciò per colpa di una persona più grande e che forse era invidiosa della nostra amicizia.

1.3 Il misfatto.

Il fatto era avvenuto nell'estate del 1942.

Quel giorno io e Graziano eravamo andati per more nel fosso Risecco, dove ce n'erano abbastanza e belle grosse. Il fosso era sotto il paese e l'acqua ci scorreva in abbondanza se pioveva o quando, finito l'inverno, la neve si scioglieva, altrimenti era asciutto. Ad un certo punto c'era un rovo molto grande, abbastanza in alto e con molte more; Graziano si inerpicò in un punto dove gli spini erano più radi ma non ci arrivava ugualmente, allora io ebbi l'idea di raccattare uno dei tanti rami secchi che erano nel fosso, usandolo come gancio, dopo aver spezzato i rametti superflui: provai ed il rovo docilmente cedette, così fu abbassato e portato all'altezza della faccia di Graziano. Aveva quasi finito quando il ramoscello che reggeva il rovo cedette colpendolo in piena faccia e lo fece rotolare dal dirupo; immaginarsi la mia paura e quella sua, oltre al dolore! Passato il momento di panico iniziale e tolte le spine, di lì a poco, tutto tornò quasi normale, anche se qualche graffio in faccia c'era: malgrado avesse la pelle dura nel senso vero della parola, come le zampe di un gallo.

Invece di ripercorrere il sentiero più breve ma più ripido, scegliemmo di "fare la lunga" e passare per la Parete[5] ed uscire sotto il "Dopolavoro"[6]; al Mascherone, ci fermammo a ripulirci ed a bere. Là, sul bordo della vasca mediana c'erano seduti dei ragazzi, alcuni dei quali, coetanei e compagni di scuola, altri erano più grandicelli; cominciarono a prendere in giro Graziano per via delle escoriazioni, soprattutto sul viso.

Ora, bisogna dire che Graziano, in effetti, era un attaccabrighe come pochi, ma quando era con me si calmava e diventava un ragazzino come tutti gli altri. Non si sa perché quando lui era, appunto o con me o con Renato o con Settimio, si comportava normalmente.

Ma quel pomeriggio sul bordo della vasca c'era seduto Achille che, oltre ad essere più grande, era anche lui un bell'attaccabrighe; Graziano non resse alla provocazione e partì in quarta verso di lui, io lo prevenni e m'interposi trattenendolo con uno sforzo non indifferente. Allora Achille disse rivolto a Graziano: *"Rengrasia s'aru 'ngandatu che ce va 'nzieme."* Io per rispondere allentai la presa e lui ripartì come un razzo verso Achille, il quale con l'agilità di un gatto si alzò e Graziano volò diretto dentro la vasca! Si rialzò e come una furia, senza curarsi per nulla di essere inzuppato come un pulcino, uscì dalla vasca e si avventò contro di me, che rimasi impietrito, non aspettandomi una tale reazione e ricevetti un pugno in pieno viso, senza aver avuto il tempo di schivarlo! Non profferendo parola, Graziano, si precipitò di corsa verso Collepalazzo, dove abitava. Tutti restarono a guardarsi allibiti, poi, come fosse una recita, scoppiarono in una risata generale! Tranne io, naturalmente, che nel frattempo avevo tirato fuori il fazzoletto per tamponarmi il naso, dal quale il sangue colava abbondantemente. Augusto, *Agustu Pilurusciu*, mi tolse il fazzoletto di mano e lo sciacquò

---

5 una zona subito fuori l'abitato
6 i circoli C.R.A.L-E.N.A.L erano chiamati *così*

nella cannella del Mascherone e così bagnato me lo poggiò dietro al collo. Poi, rivolto agli altri, come per scusarsi del gesto, esclamò: *«Che u facemo dissanguà? Io l'hó vistu de fa da mamma!»*.

Per la cronaca, io ed Augusto eravamo coetanei ed uno stava dietro all'altro nel banco di scuola.

Il giorno dopo, andai a cercare Graziano per capire il perché, anche se credevo di averlo capito da solo, ma non c'era: era andato in campagna col padre; dopo un paio di giorni ci incontrammo e disse che la reazione era dovuta alla rabbia che s'era accumulata, perché lo tenevo fermo, poi l'ho lasciato improvvisamente mandandolo a finire dentro la vasca. Non ci fu verso di fargli capire che non era così. Anche se recepì che Achille l'aveva esasperato, soprattutto, confermò, perché lo sfotteva "che andava in compagnia di gente molliccia". Malgrado ciò, continuavamo, quando capitava l'occasione, ad andare insieme; qualcosa però s'era guastato tra noi, perché, soprattutto a lui, bastava un nonnulla per farlo esplodere.

Ricominciarono le scuole: l'estate era finita.

Io avevo un anno di più; però eravamo amici e tali restammo per tutta la vita. Tant'è che da uomini fatti, abbiamo anche avuto modo di lavorare insieme, perfino all'Istituto di Genetica di Terminillo.

Negli anni, Graziano ebbe una forte depressione e quando morì , all'età di 69 anni circa, stetti male per parecchio tempo.

1.4 Torniamo alle uova.

Ma ritorniamo a portare i gusci delle uova in gelateria a Vittoria, nel 1943!

Quando mi resi conto di quello che era successo ormai era tardi: come potevo presentarmi senza uova? In più già sentivo nella mente una voce dire *"Ma se po' èsse più stupidi, più cazzumatti, più babbiotti de te? Com'hó da ffà co tte? Ddo jamo a remeddià se' òva a quest'ora? "*; mi sentìi effettivamente molto stupido. Col coraggio del guerriero, partìi per affrontare le conseguenze; fatti pochi passi, però, mi venne in mente un nome: *zì Sabbetta!* Mi rigirai rapidamente per tornare indietro ed ero preso così tanto dal pensiero di risolvere che ci mancò niente che non sbattessi addosso a tre tedeschi i quali scendevano lungo la discesa. I tedeschi, ridendo, dissero qualcosa di incomprensibile e uno di loro mi strofinò la mano sulla testa, in atto di simpatia.

La zia Elisabetta, *Sabbetta* per tutti, era la sorella di mamma ed il nostro refugium peccatorum: quando c'era da affrontare la mamma, si passava prima da zia che o risolveva o ci accompagnava; ed essendo più grande di nostra madre aveva un certo ascendente su di lei. Siccome, tra l'altro, di tanto in tanto aiutava la sorella col bucato, forse avrebbe avuto anche un paio di pantaloncini di ricambio ad asciugare. Fui buon profeta: non solo rimediai cinque uova ma la zia aveva anche i pantaloncini asciutti. Quando ripassai davanti al muretto dove era successo il fattaccio, un uomo che aveva assistito e che stava quasi sempre seduto lì ed aizzava tra di loro i bambini per farci litigare mi chiamò:

« *Oh! Regà! Ve pô ècco che Grasiano te vò parlane!...*»

Io, facendo il gesto che si fa per scaramanzia continuando il cammino risposi: « *Tè che m'ha fattu mamma!*», ma subito mi vergognai di aver fatto quel gesto per me insolito, però in fondo ero soddisfatto di averlo fatto. C'era da risolvere per il sesto uovo e mi venne l'idea di dire che le uova erano cinque ma potevamo chiedere a zì Annita, che sicuramente ce l'aveva; Vittoria disse che non faceva niente, cinque bastavano ugualmente.

« *Ma piuttostu com'è che cià missu tuttu stu tembu?*» mi domandò ed io, come mi aveva suggerito la zia Sabetta:

"*Me se so 'nfussi i carzuni 'nna fondanèlla e zzì Sabetta me l'ha cambiati!*"

Vittoria:« *E com'è che té ssu sgraffignu sotto 'a recchia?*»

"*E che ne saccio! Arraio sbattuto a che ramu!*"

Vittoria:« *Certo che l'omo è iardu!...Non è che ha reliticatu có Graziano?*»

Io:"*Ma quale Graziano!*" e andai via, con le mani in tasca.

Vittoria:« *Non te londanà che me pô sirvì checcosaru*»

"*Va bè, va bè*" risposi senza voltarmi, continuando a camminare verso il fontanile, verso il Mascherone.

1.5 Il Mascherone.

U Mascaró, era un fontanile a tre vasche di lunghezza tutte e tre uguali, variava solo l'altezza: la più bassa era profonda una trentina di centimetri, quella media una cinquantina di centimetri e quella più profonda circa un metro e mezzo, dove c'era il cannello per raccogliere l'acqua che proveniva dal raccoglitore frontale, composto da una facciata arrotondata che, vista davanti, aveva una lastra di marmo recante un'epigrafe con la data e la ragione di questa costruzione; con un bassorilievo in ghisa raffigurante la testa di un leone, con in bocca un cannello, dal quale usciva un'acqua freschissima. Si trovava, metro più, metro meno, dove ora c'è il distributore di carburante. Nel dopoguerra (tra il 1945 ed il 1947) fu demolito e ricostruito, con la stessa facciata ma con un solo vascone nel retro, a fianco del Palazzo Antonelli dove ora c'è la costruzione di 2 piani, sede della banca e del forno Molinari; fu per realizzare tale complesso che fu nuovamente spostato ed ora si trova in Via Beato Bernardo Silvestrelli. Senza vascone dietro!

1.6 Le bustine per il gelato!

Avevo percorso si e no venti metri che mi sentii chiamare: era Piermichele; aveva portato la carta per fare le bustine per il gelato!

È bene che si sappia che il costo dei gelati di normale consumo era, ovviamente, in base alla grandezza del cono: quello più grande (anche in coppetta) era di una lira e mezza, il medio di una lira ed il piccolo mezza lira (cinquanta centesimi); la bustina era il contenitore per il gelato da quattro soldi o nichelino o *caurrina*[7] (venti centesimi) ed era realizzato con cartoncino traslucido circa 12x15 cm: per realizzarlo, dopo essersi scrupolosamente lavate le mani con la varechina; era come quando si fa la barchetta, terminando al primo stadio dei ripiegamenti dalla carta.

---

7 per via dei primi esemplari che avevano impressa l'immagine di Cavour (*cavurrina*)

Di solito, a turni autostabiliti, venivano volentieri i cugini ad aiutarci: Gastone, Settimio, Zenocrate, Domenico, ed anche amici come Romano, Marsilio, Giorgetto; papà diceva sempre, in tono faceto, di non aver fatto un grande affare: col gelato che mangiavamo durante la produzione delle bustine le avrebbe potute comprare tranquillamente! Gastone un giorno gli disse:« È vero zì Alfò! Lo dice anche papà; dice anche che, se si trova, davvero tu andrai in Paradiso!»

Gastone è il figlio di zio Anacleto, fratello di papà. L'estate venivano sempre in vacanza a Moricone ma dopo il bombardamento di S. Lorenzo a Roma, ritornarono al paese fino alla fine della guerra.

CAPITOLO 2°

2.1 L'armistizio

I primi tempi mi divertiva fare le bustine e specialmente in quelle giornate piovose o, peggio ancora, ventose che la polvere sollevata mi empiva gli occhi di terra, preferivo quello ad altri lavori; però mi ero un poco stufato e soprattutto quando c'erano belle giornate e dovevo stare seduto lì mentre i miei amici scorrazzavano liberi.... Ci si mettevano anche loro, a darmi cordoglio, passando di tanto in tanto a domandare quanto avessi ancora da fare! Mi sentivo privato della libertà rispetto agli altri di quelle vacanze forzate del tempo di occupazione tedesca.

A volte in gelateria al posto di Vittoria c'era Irene (la primogenita) oppure Piermichele: comunque sia, io ci dovevo essere sempre, "poiché poteva servire di andare a prendere qualcosa".

I tedeschi, ricordo, erano dei buoni clienti, perché grandi mangiatori di gelato e frequentatori della gelateria; e tra l'altro, ricordo un soldato, un certo Herman, simpatico, smilzo e che masticava qualche parola di italiano, s'era innamorato di Irene! Puntualmente, quando c'era lei in gelateria, restava ore ed ore ...avrà mangiato qualche quintale di gelato in quei mesi che è stato al paese! Una sera, come al solito, arrivò allegramente insieme ai suoi due amici, ma era alticcio! Quando entrò aveva una bottiglia in mano, si mise al solito angolo e finì di bere quello che era rimasto poi, malgrado i suoi amici dicessero nain, nain (*nein, nein*), lui poggiò la bottiglia in terra di collo e si sedette sul fondo della bottiglia; non capivo cosa volesse dimostrare, sta di fatto che sollevò le lunghe gambe per restare seduto in equilibrio sulla bottiglia e ci riuscì per tre o quattro secondi, poi... si sedette sui cocci della stessa! I suoi amici volevano aiutarlo, ma lui arrabbiato e rosso in viso disdegnò l'aiuto e si alzò da solo ed avvicinandosi al bancone, nell'ordinare "aine aise" (ein eis), diede un pugno sul vetro del banco dove si appoggiavano i soldi e le coppette di gelato, mandandolo in frantumi. I commilitoni di Herman lo trascinarono via di forza. Il giorno dopo, mentre mio padre era intento a cambiare il vetro, arrivò il soldato tedesco e scusandosi, voleva pagare il vetro. Ma papà disse che non era il caso, certe cose possono accadere, anche se non dovrebbero! ci tenne a sottolineare. Tra parentesi, papà masticava, anche lui, qualche parola di tedesco, appreso quando, nella Grande Guerra stava al fronte, ai confini con l'Austria, al Genio nella squadra degli addetti alle linee telefoniche.

2.2 L'occupazione tedesca

Ricordo che erano i primi giorni di settembre del 1943, ad un cento momento cominciarono ad uscire cortei di gente che cantava, inneggiava,sventolando bandiere, da quella tricolore a quella rossa con falce e martello ed una bianca con una croce! Il corteo con la bandiera tricolore cantava alternativamente "Giovinezza" (che conoscevamo bene tutti gli scolari) e un altro canto che non tutti conoscevano ma io sì perché a casa avevo tanti dischi tra cui quello ed altri dischi di musica moderna, il canto era "Inno a Roma"; quelli con la bandiera rossa cantavano un inno assolutamente vietato, "Bandiera Rossa" ed un altro che cominciava con " su fratelli e su compagni..."; quelli con la bandiera bianca un inno che non avevamo mai sentito, "Bianco Fiore". Così noi, per non essere da meno, c'incamminammo cantando la "La canzone del Piave" che ci sembrava la più bella; Mario ad un certo punto comincia, con la sua voce stonata, *"Si scopron le tombe si levano i morti i Martiri nostri son tutti risorti"*, era l'Inno a Garibaldi che anche agli altri sembrò adatta e continuarono così.

Il giorno dopo, scoprìi cos'era successo per tutta quell'euforia: era stato firmato l'armistizio e la guerra era finita! Ma a me parve che papà non fosse così contento! A tavola, la sera, spiegò che non c'era troppo da rallegrarsi: «Da oggi » disse « i tedeschi che già sono qua, non sono più alleati ma nemici già insediati!»

Era l'otto settembre del 1943!

Io non capì allora il ragionamento. Ma dopo qualche giorno, cominciai a notare cose strane, come quella che i soldati tedeschi erano quasi sempre armati e ogni tanto rastrellavano i giovani non partiti per la guerra ed altre cose strane, come inseguimenti di militari armati di mitra a giovani che fuggivano verso la sottostante campagna.

Ed in effetti, come aveva previsto mio padre, qualche tedesco cominciò a fare... "il tedesco!".

Comparve un personaggio nuovo: la "Signorina Maria" che era al Comando tedesco, vestita con abiti militari femminili tedeschi ed aveva anche una pistola; era la loro interprete ma si diceva fosse di un paese vicino al nostro. Tutti avevano timore di lei ed avevo sentito dire che oltre tutto facesse la spia, nel senso che individuasse, oltre ai prigionieri (dei quali si parlerà in seguito) anche gli ebrei e dove le persone avessero i beni nascosti. Tutti la chiamavano " la Signorina".

Per la cronaca, il comando tedesco era insediato nella villa Aureli, a Collepalazzo (più che villa è un palazzo circondato da giardino e fu fatto costruire, agli inizi del 1800 da Ludovico Prosseda, pittore ed incisore moriconese. Passata agli Aureli per acquisizione).

Però in gelateria ed al negozio, hanno continuato, per molto tempo, a comportarsi come sempre. A tal proposito ricordo un solo fatto accaduto, appunto in gelateria: siccome erano più frequenti i passaggi nel paesino di gruppi di soldati, essendo attraversato dalla strada che collega la Tiburtina alla Salaria e a volte si fermavano carri armati grandissimi; la piazza dove c'era la gelateria, era contornata da giovani piante di gelsi selvatici: piante che d'estate sono molto frondose ma d'inverno rimangono scarne come alberi secchi; le foglie, le donne, le usavano per lavare le bottiglie, dal momento che dal lato ricettivo sono molto ruvide quasi orticanti e al rovescio morbide come ovatta; sotto quelle piante i tedeschi, da qualche giorno ci avevano parcheggiato i carri armati. Erano guidati da soldati con la divisa più scura e spesso venivano in gelateria. Uno di questi soldati, un giorno entrò in gelateria e c'era Piermichele (io stavo riordinando nel retro i recipienti) con tono perentorio ordinò "aine aiss" ..... "grosse aiss" e Piermichele fece una coppetta di gelato; finito che ebbe, disse "noc aine" e via un pugno in testa a Piermichele; finito, stesso comportamento; nel frattempo ero uscito dal retro e vista la situazione, domandai a Piermichele se dovevo andare a casa del medico; "*sbrigate!*" disse. Per la precisione la casa del medico era di fronte alla gelateria ed il medico "ospitava" un capitano tedesco. Bussai: si affacciò proprio il capitano che parlava italiano benissimo. Spiegata la situazione, il capitano indossando la giacca disse:"andiamo" e mettendosi il cappello va verso la gelateria ed io gli trotterellavo accanto.

Come il carrista vede il capitano, scatta sull'attenti ed alza la mano tesa farfugliando qualcosa in tedesco, ma il capitano in perfetto italiano gli dice:

«Non ti vergogni di comportarti così con i tuoi compatrioti, ragazzini inoltre? Paga subito ciò che hai consumato e presentati al tuo superiore! March!»

Poi rivolto a Piermichele, dopo essersi scusato per il comportamento, disse: «Ma non è tedesco: è un aggregato!».

Nei giorni seguenti, il soldato non si è più visto!

A proposito di comportamento, ricordo un'altra cosa curiosa: di tanto in tanto si vedevano dei militari che facevano le flessioni, davanti al Municipio, con il fucile in mano o facevano dei giri, sempre col fucile, intorno al Municipio; domandai il perché al sergente "Sacramento" (un omone che i ragazzini così chiamavamo, perché forse era la prima parola di italiano che aveva imparato e, come si arrabbiava, la diceva a mò di imprecazione) e mi rispose che quelli stavano in punizione.

2.3 I prigionieri

Assistevo anche ad un altro comportamento strano delle persone, compresa mia madre: c'era gente che usciva dalla bottega con cartate di merce, normalmente alimentare, senza aver presentato la tessera dalla quale si staccavano i bollini.

Già!, la tessera annonaria!

Seppur avessi solo otto anni, sapevo cose che altri bambini non sapevano; non che fossi un fenomeno, ma c'era il fatto che a casa mia, i bambini non sono mai stati estromessi dai discorsi dei grandi. Mai, né mio padre né mia madre hanno pronunciato la fatidica frase "zitto tu che sei piccolo per capire certe cose" (tranne, ovviamente, certi tabù che ancora oggi stentano a non essere più tali!). Sapevo che i prodotti di prima necessità erano razionati e per ogni prodotto c'era una tessera e poteva essere presa solo la quantità prescritta dal bollino che si staccava dalla tessera al momento dell'acquisto. Pertanto mi sembrava strano, se non avevo visto male, che mia madre desse a qualche donna la pasta, ad altre lo zucchero o la farina senza tessera! Il giorno che vidi proprio bene mia madre farlo, le domandai il perché e mia madre rispose:

«*Massera a cena t'ô spiego!*»

La sera, a cena mia madre disse a papà di spiegare a noi più piccoli la questione delle tessere. Con la semplicità di cui era capace papà, disse che nessuno avrebbe dovuto sapere di ciò: c'erano delle sanzioni per questo; lo facevano perché c'erano dei prigionieri militari sudafricani e australiani che erano fuggiti dal campo di concentramento di Borgo Santa Maria, un paesino a circa una quindicina di chilometri, e delle famiglie li sostentavano. Ma se davano da mangiare ad altri, loro non avrebbero avuto più abbastanza cibo a causa del razionamento, così, qualche negoziante aveva deciso di contribuire in questa maniera.

Dal momento che ormai anche io fossi al corrente di ciò, di tanto in tanto mia madre mi mandava con qualche cartata di merce ora a casa di Mariuccia, a casa di Ada ma più spesso, dalla zia Sabetta essendoci meno pericolo in quanto poteva sembrare uno scambio tra sorelle! Un giorno Ada stava male ed avvertì mia madre di mandarmi a portare il mangiare ai due prigionieri, che erano nascosti al "*Colle di Palombara*" (il toponimo di una zona agricola subito fuori paese); questa zona confina con un'altra chiamata "*Castagnitu dei cento Padruni*"; le istruzioni erano di arrivare al punto dove si vedeva il castagneto, c'erano delle piccole grotte, lì avrei dovuto fischiare ad una certa maniera e qualcuno sarebbe uscito a ritirare la merce. Si diede il caso che anche io avessi un terreno al Colle di Palombara, proprio vicinissimo al castagneto, ma lì grotticine non ne avevo mai viste; comunque vado; arrivato all'altezza della *"Vigna Fornaciari"*, da dove s'intravede il castagneto, c'erano nella balza laterale delle buche belle grandi, ma non grotticine... cominciai a fischiare ...niente, tornai dietro poiché altre forme di grotte non ce n'erano (e non ce ne sono mai state) fischia che ti rifischia...mi sentii chiamare per nome: era la zia Sabetta!

« *Ma che va girènno?*»

« *Ohô, zì! .... ma se l'ìi da retirà tu, perché me l'éte fatta portà ecc'abballe?*» esclamai.

«*Ma de che parli?*» rispose la zia. Io le dissi quello che mi avevano detto di fare e la zia se ne uscì con una sonora risata: avevo sbagliato strada: sarei dovuto andare alla parte superiore del colle, cioè imboccare, a metà discesa, la strada a sinistra! Mi giustificai dicendo che noi, quando andavamo al *"Colle di Palombara"* passavamo di sotto; la zia prese lei in consegna l'involucro poiché, nella capanna sua, era arrivato un altro prigioniero e che avrebbe chiarito con Ada e tutto finì in barzelletta!

Finalmente avevo capito del perché ci fosse quel comportamento strano.

2.4 I rastrellamenti

Ad un certo momento cominciò un fermento diverso al paese: oltre ai rastrellamenti, si sentiva nell'aria una tensione diversa e si guardavano tutti con un certo sospetto specialmente i soldati tedeschi: qualche volta chiedevano persino i documenti a chi non avevano visto spesso. Soprattutto nelle capanne, negli anfratti, i tedeschi andavano controllando in ogni dove, in cerca dei prigionieri fuggiti.

Essendo molto curioso, chiesi ad Adelina l'Americana come avevano fatto a fuggire i prigionieri dal campo di concentramento e lei mi spiegò che non erano prigionieri dei tedeschi, ma degli italiani i quali erano alleati con i tedeschi, ma dal momento che gli italiani, poi, si sono alleati con gli anglo-americani, era finito l'accordo con i tedeschi; i militari italiani, guardie del Campo, non tutti erano rimasti: alcuni andarono via a causa dell'armistizio ed i prigionieri, circa tremila, approfittarono dello sbandamento e fuggirono per la campagna circostante ed approdarono nei paesi limitrofi.

Adelina, la chiamavano l'Americana perché era un'italo-americana, sposata con Nicola, un paesano emigrato in America. Quando negli USA ci fu la crisi, Nicola la mandò in Italia nel 1931, con i tre figli che aveva; Mario, il più piccolo, aveva un anno quando è venuto al paese (conoscevo bene Mario, perché era coetaneo di Piermichele e spesso giocavano insieme; in più Adelina era amica della zia Sabetta); lei è stata una pedina importante per la sopravvivenza dei prigionieri fuggiti, facendo da interprete con i paesani.

Si arrivò, tra rastrellamenti, arresti di prigionieri e di qualche "complice" che li nascondeva, alle porte del Natale. Nel frattempo, si rivedeva ogni tanto qualche Camicia Nera, perché avevano aperta una sede i "Repubblichini", così chiamavano i seguaci della Repubblica di Salò che doveva

---

[8] Dal diario di Adelina. [Alle prime case la guardia comunale mi disse: "Non portate a casa vostra quel prigioniero, perché è pericoloso per voi". "E perché?" "Perché parlate l'inglese". Allora mandai a chiamare Elisabetta Papi che stava sola in casa, "Sentite Elisabetta, potreste alloggiare un prigioniero malato?" "Perché no? Volentieri, ma che gli do a mangiare?" "Non vi preoccupate di questo; al vitto ed all'assistenza ci penso io" "Si, si, Adele; portatelo pure". Poco dopo infatti il malato fu trasportato a casa sua.In fretta uscii in cerca del medico. Per strada incontrai un Passionista il quale mi disse: "Dove l'avete portato quel prigioniero?" Non conoscendo io quel religioso e non sapendo se Billy era cattolico, esitai a rispondere. Finalmente gli insegnai la casa. E lui: "Dove andate adesso?". "Sta tanto male, vado in cerca del medico"."Tornate indietro, vediamo se posso fare io qualche cosa per lui".Non voleva si facesse pubblicità nella speranza di salvarlo dai Tedeschi.Tornai indietro; il Passionista lo visitò, gli domandò s'era cattolico ed egli rispose di si. William M. G. mi disse: "Come si chiama questo buon dottore?" Io lo chiesi a lui stesso che rispose : "Padre Faustino". Tenemmo in casa quest'ammalato per una settimana.]

sostituire il fascismo, almeno così avevo sentito, mio malgrado, quando una sera vennero da mio padre a chiedere di aderire, ma lui rifiutò dicendo che era il caso di piantarla con le guerre ed i morti!

Ripensavo che quando andavo dalla zia Sabetta, quasi sempre, c'era qualcuno: o Adelina, o Padre Faustino, o Olga e quasi ogni volta c'era anche un prigioniero. Addirittura per qualche giorno c'è stato, nel letto di Giambattista (il figlio che era in guerra e non avevamo notizie), un prigioniero ferito[8] ad una gamba che forse, dicevano, dovevano tagliarla: infatti una sera c'era anche il Dottor Cirino, medico condotto, oltre a P. Faustino.

P. Faustino era un Passionista laureato in medicina; era molto affabile e molto giovane e con i bambini era molto amico. Al paese gli volevano bene tutti, anche perché se andava qualcuno malato, lui lo aiutava con medicine e consigli.

Fu lui che mi fece scoprire, involontariamente che presto avrei avuto una sorellina o un fratellino.....

«*È sùbbitu*» disse la zia;

« Quando sarà, a Marzo?» rispose P. Faustino.

«*Da metà Febbraru ai primi de Marzu, se Dio vô! Ma non se conosce 'ngora gnende!...Boh!*» rispose la zia. Al che P. Faustino fece un cenno con la testa, indicandomi, mentre pronunciava un "ma" significativo.

"*Tranquillu Padre Faustì, a'nna casa de soroma i monelli non nasciu sotto i cavuli*"

disse orgogliosamente la zia per tranquillizzare P. Faustino.

«Ah!» fece il frate.

Guardavo la zia meravigliato... a casa non se ne era mai parlato! Eppoi mamma non sembrava più grassa del solito!

Intanto avevo notato che dopo la visita di un tedesco in bottega e dalla divisa che aveva doveva comandare qualcosa, papà non aveva più messo l'altoparlante alla finestra. Però mi ricordo che avevo rivisto qualcuno di quelli partiti per la guerra che erano tornati, ma si comportavano come se non volessero farsi vedere.

Dopo qualche giorno, ritornò anche Nibbale (Annibale) che abitava a dieci metri da noi.

Nibbale per i ragazzini della zona, era un "Carnera"[9]: alto quasi due metri, le spalle saranno state un metro e mezzo, i sacchi di grano o di farina da un quintale, ne prendeva uno per mano mettendoseli sotto le braccia. Un altro ricordo era quando, da più piccolo, prima che andassi a scuola, Nibbale mi sollevava facendomi allargare le braccia e mi faceva fare l'aereo; era come se davvero volassi. Era un Alpino!

Proprio il giorno del suo ritorno, la madre, Pia, era scesa con la *tinella* (varietà di tinozza) sulla testa ed un secchio tenuto con la mano destra per andare a governare il maiale e le galline; tre tedeschi salivano le scalette che dal sottopassaggio del Mandrio sfociavano sulla via. Nel vedere questa donna così curiosa per loro, cominciano a giocherellare e scherzando dicevano " mama, mama" girandole intorno; io ero sulla loggetta di casa, assistevo alla scena quasi divertito, fino a che Pia, per tenere la tinella non lasciò il secchio; così facendo, pèrse l'equilibrio e finirono in terra secchio, tinella e...Pia. Nibbale, sentendo la voce della madre che diceva *"ma fermeteve"* e gli altri che schiamazzavano, forse sveglio o non dormiva neanche, sta di fatto che non scendette le scale, ma le saltò e prese due dei tedeschi e li lanciò giù dalle scalette del Mandrio, l'altro tentò di dargli un calcio, ma Nibbale gli prese il piede e lo mandò a raggiungere gli altri; nel frattempo i primi due risalivano le scalette infuriati ma con un pugno li rispedì giù, coinvolgendo il terzo che stava risalendo. Una scena indimenticabile!

Quando avevo visto Nibbale comparire per strada, avevo chiamato mio padre:

«Papà, papà! Curri che Nibbale va a menà ai tedeschi!...Curri che già je sta a menà!».

---

[9] **PRIMO CARNERA nato il 26 ottobre 1906 morto il 29 giugno 1967. Fu campione mondiale dei pesi massimi dal 29 giugno 1933 al 14 giugno 1934. Era diventato un mito, soprattutto per i ragazzini.**

Infatti giunse quando Nibbale sveva appena rintuzzato per la terza volta i tre tedeschi e lo convinse ad abbandonare la scena: lo fece salire in casa nostra e Piermichele, che nel frattempo era uscito sulla loggetta anche lui, repentinamente chiuse la porta dietro di loro. In pochi secondi, ero rimasto solo e curioso di vedere come erano ridotti i tedeschi. Quelli, invece, si guardarono intorno e andarono a vedere nel vicolo tra casa nostra e la Chiesa Vecchia; fui preso per un braccio e trascinato dentro casa da mio padre. Una volta dentro, stavo spiegando a Nibbale come era successo e che i tedeschi non lo avevano fatto di proposito a far cadere Pia, quando si sentì bussare energicamente alla porta: attimo di panico! Subito, aiutato da Piermichele papà alzò leggermente il letto della camera per farci nascondere Nibbale il quale era, oltretutto, lungo quasi quanto il letto! (ancora oggi mi domando come abbia fatto Nibbale a stare quasi mezz'ora sotto il letto che poggiava sulla sua schiena!).

Entrò un tedesco con un mitra ma con una faccia non troppo arrabbiata, quasi tranquilla. Rivolto a mio padre disse qualcosa in tedesco e lui rispose "ja" e gli indicò la porta della camera, dove per entrarci bisognava salire due gradini; il tedesco disse "tanche" facendo segno a mio padre di andare avanti e salirono nella camera; mentre mio padre prendeva i documenti che il soldato aveva richiesti, dalla casa a fianco si sentiva l'altro tedesco urlare rabbioso, mentre quello da noi, scrollava la testa in senso di disapprovazione. Leggendo i documenti, esclamò :« So! mai name Alfons is! Vir sind collechen (So! Auch meine name Alfons ist, wir sind kollegen!)». « Gut» disse papà e si diedero la mano, spiegando agli altri che anche il soldato si chiamava Alfonso. Poi, mio padre aprì un cassetto del comò e tirò fuori un foglio, il tedesco guardò il foglio e scattò sull'attenti, riprende il mitra che aveva posato sul letto e con "a rifedeci , enciuldigu" uscì di casa, chiamando il commilitone ancora " in crisi" con l'altra famiglia, e se ne andarono.

Nibbale, uscito da sotto il letto, ringraziandolo chiese a papà cosa gli avesse fatto vedere, data la reazione del soldato.

«*Un fojo cou timbru der Municipio ddo l'Associazione dei Commercianti m'éa nominatu vicepresidente!*» rispose mio padre e Nibbale rivolto a mia madre, che ancora era bianca per la paura:

« *Ha vistu Cicì? E tu dici che marititu va sembre perdènno tembu coe scartoffie!*»

Mamma: «*Beatu a tte che 'ngora té voja de scherzà! E rengrasia Dio che villu non sapea legge l'italiano!*»

Mio padre riportò tutti alla realtà, facendo notare che i tedeschi cercavano un energumeno ribelle il quale ha mezzo ammazzato "drei Kameraden!", per cui sarebbe il caso si trovasse un posto sicuro, l'energumeno... magari a Corvignano o al Pascolaro (due toponimi di terreno agricolo dove Nibbale aveva proprietà); Nibbale, assecondandolo, uscì di fretta, ma guardingo ed entrò in un portale di fronte, dove c'erano dei locali semi abbandonati e bui.

Per tutta la durata della guerra non ho più rivisto Nibbale.

Paolo, un altro amico, di un anno più grande, mi disse che avevano arrestato la madre, Fortunata, perché aveva aiutato i prigionieri e l'avevano portata a Tivoli insieme ad altre persone. Paolo era molto preoccupato. Fortunatamente il giorno dopo era ritornata e l'avevano rilasciata, perché, mi ha raccontato Paolo, quando le hanno chiesto perché avesse aiutato "i nemici", lei ha risposto che non ha pensato a nessun nemico ma a figli di qualche madre, preoccupata come lei di farli mangiare, sperando che anche a suo figlio, prigioniero in Russia, qualche madre desse da mangiare! Al che il giudice disse, addirittura bestemmiando:«Ma chi mi avete portato? Rimandate questa povera gente a casa!»

2.5 Qualche ricordo

Fin dai tempi della prima elementare ed ancora oggi mi accade, come sento Vallicella, la prima di ogni altra immagine che mi si presenta è quella di molte famiglie raggruppate e spaventate per il terremoto, in una notte fredda, vicino al Municipio sul terreno che era di Marsilio Aureli, quando non c'erano costruzioni di sorta.

La seconda immagine è che nello stesso luogo c'era un enorme caldaio di rame, dove tutti vi buttavano dentro pentole, conche e altro materiale metallico, maggiormente di rame; subito vicino lo spigolo del Municipio c'era un uomo con una scrivania che registrava chi gli consegnava la fede matrimoniale o altri oggetti di valore.

La terza immagine è quella di tre o quattro persone con un attrezzo che sprigionava una fiamma azzurra, con il quale tagliava la recinzione in ferro battuto del monumento ai caduti. Poi ho scoperto di aver visto per la prima volta la fiamma ossidrica.

Non penso siano sogni: il sogno è già difficile ricordarlo la mattina dopo averlo fatto! Tantomeno averli trasformati in incubi visto che ero abituato a stare in mezzo alle persone, fin dalla tenera età; i primi passi li ho, si può dire, dati in bottega, essendo mia madre quasi sempre lei al bancone del negozio; finché Irene non è arrivata all'età adeguata a sostituirla.

Difficilmente rimanevo interdetto quando incontravo gente che non conoscevo; figurarsi quindi se avessi avuto a che fare con conoscenti o clienti del negozio. Dal momento che la scuola era chiusa e la gelateria anche, siccome non c'era tanta sicurezza, mia madre preferiva avermi vicino e quindi molto tempo della giornata la passavo giocando nei dintorni del negozio. Anzi, qualche volta mi lasciava a guardia della bottega e se qualcuno doveva prendere una cosa semplice, ero in grado di farlo, altrimenti suonavo il campanello pigiando un pulsante, che papà aveva messo alla fine della scala a chiocciola, e mamma scendeva; perché noi abitavamo sopra il negozio e c'era una scala a chiocciola, di ferro, per scendere in bottega.

Il negozio stava in un piccolo slargo, ad una trentina di metri dalle scalette del sottopassaggio del Mandrio e a destra, dopo le scale di casa nostra, c'era la cantina di Giggiotto, di fronte al portale per andare alla casa di Romoletto (dove si era nascosto Nibbale); a sinistra, subito prima del portale, la macelleria di Luigi detto *"U Mattaréllu"*; affiancati al portale, sempre a sinistra, c'erano tre scaloni per entrare in altre due case e di fronte c'era il negozio; gli scaloni erano quelli dove gli uomini si sedevano a sentire la nostra radio. Proseguendo dopo la piazzetta, a destra, via dell'Orologio, portava alla Chiesa Vecchia; a sinistra proseguiva Via del Forno per andare agli Archi Ricci. Via dell'Orologio, a sua volta portava a Piazza Ranne e proseguendo si ritornava in Via del Forno, da dove a sinistra si andava al Castello, mentre a destra si arrivava in un altro largo da dove si ritornava al negozio, oppure si usciva dal sottopassaggio del Mandrio.

Tutta questa descrizione, perché era il percorso che *Santu 'e Sirvì* faceva fare ai ragazzini, quando organizzava la corsa!

Si partiva " *da 'a botteca de Cicilia*" e si facevano un numero di giri stabiliti. I più frequenti alle corse, messi per età erano: Achille, Fausto, Torquato, Andrea, Emilio, Adelio, Benito, Elìa, io, i due Gabriele, Mario e Marsilio *"Sinnasò"* (soprannome affibbiatogli perché aveva i seni grandi); più di qualcuno era sempre scalzo ed aveva i piedi "tacconati" come suole di scarpe. Cosicché molto spesso li imitavamo e correvamo scalzi; a me prima ed a Marsilio dopo, capitò che ci spaccammo chi un tallone, chi la pianta del piede con cocci di vetro. Fummo anche presi in giro perché non "reggevamo" a certi inconvenienti. Se si pensa che Elìa non si accorgeva delle puntine da disegno infilate nei talloni! Malgrado le puntine, era il più veloce di tutti. Adelio e Marsilio i più lenti! Uno dei Gabriele era figlio di paesani che stavano a Roma, d'estate però venivano su per le vacanze e lui era considerato facente parte del gruppo a tutti gli effetti; era molto timido, ma non timoroso. Aveva un'usanza molto più paesana di me ed altri, mangiava il pane sia con la minestra (dove ci versava un cucchiaio di vino), sia con la pastasciutta! Mi era molto amico ed avevo notato una cosa, riscontrata anche in Angelino, che quando parlavano romano, avevano l'accento vero dei romani (abitavano entrambi tra Porta Portese e Ponte Testaccio); quando parlavano il dialetto sembravano i vecchi paesani! Mentre Giorgetto (cugino di Marsilio) che abitava anche lui, a Roma, vicino ad Angelino, non riusciva a parlare il dialetto bene!

2.6 Il funerale

Tra un avvenimento e l'altro, si arriva a novembre, con sempre maggior pressione dei tedeschi sui rastrellamenti e la caccia ai prigionieri sparsi per tutta la zona. La "Signorina" sempre più invadente, avendo consolidato anche l'amicizia con qualche paesano e sempre attenta a scrutare ogni movimento sospetto.

Ricordo, mi sembra fosse la prima settimana di novembre, ci fu un avvenimento da definire eccezionale, anche se funesto: un prigioniero muore, pare per un'infezione non curata, a casa di Luigi B. (P. Faustino fu avvertito troppo tardi e malgrado sia intervenuto anche il dottor Cirino, non ci fu niente da fare!). Maria Antonia, la figlia di Luigi, era molto amica di Irene, mia sorella, si è sentita molto male, avendo assistito alla morte del prigioniero[10]. Siccome Maria Antonia aveva la zia vicino alla nostra bottega, proprio sotto casa di Nibbale e la zia era sola in casa, spesso andava a dormire da lei; dopo la morte del prigioniero, andò, per qualche giorno, di nuovo dalla zia Ersilia e quindi spesso era in compagnia di Irene e fu lei che raccontò il fatto.

P. Faustino andò dal Comandante tedesco ed ottenne l'autorizzazione a fargli il funerale; permise anche l'accompagno funebre fino al cimitero di chi volesse andare. Quel giorno, sarebbe da ricordare come giorno dell'umana convivenza: saranno stati forse oltre centocinquanta

---

[10] Dal diario di Adelina:[In quel giorno più volte mi recai a trovare Jack: La sera era peggiorato tanto che non riconosceva più. Padre Faustino stava di continuo al suo capezzale. Gli amministrò i Sacramenti e gli diede tutti i conforti religiosi. La mattina appresso tornai a vederlo, non parlava più, P. Faustino mi disse: "Ho ragione io a dirvi di chiamarmi subito quando ci sono malati? Ecco qua, questo poverino poteva guarire se curato in tempo, invece... Il 9 novembre si aggravò ancora di più. Il P. Passionista, ch'era accanto ad Hortons, mi disse:"C'è rimasto poco, è bell'e finito.""Che disastro - risposi io - che non l'abbiamo potuto salvare."A mezzo giorno spirò. La figlia di Luigi Bottigoni, Maria Antonia svenne e ci volle del bello e del buono per farla ritornare in sé.]

prigionieri, che accompagnarono il loro commilitone all'ultimo viaggio terreno, oltre a molti paesani. Addirittura, qualche soldato tedesco, al passaggio della bara, si è posto sull'attenti, senza fare il saluto tradizionale della mano tesa! Tutti hanno rispettato il morto[11].

Ma il giorno dopo, cominciarono dalla mattina presto a chiedere documenti a tutti quelli che incontravano! Ogni giorno c'era qualche perquisizione e qualche prigioniero veniva ripreso.

Si era arrivati alle porte del Natale, ma non si sentiva quella smania della festa più attesa al mondo, forse perché mancava l'aspettativa delle vacanze natalizie della scuola o forse perché c'era tutta quella agitazione di tante persone: stando il giorno, per molto tempo, al negozio con mia madre o mia sorella, ascoltavo le lamentele ed anche i pianti di chi aveva il figlio, il marito o il fratello prigioniero, se non disperso, in Russia, in Africa o in Francia. Avendo visto qualcuno che, prima ancora dell'armistizio, era ritornato dalla Russia, congedato perché invalido: con i piedi congelati, era ancora più terribile l'attesa. Mia madre, quando seppe che Giammattista, il nipote, era prigioniero in Francia, disse che bisognava accontentarsi, almeno si sapeva dove stava ed era sano!

2.7 Periodo natalizio

Arrivò la vigilia di Natale, mia madre mi mandò da zia a dirle che per il cenone fosse andata da loro per stare insieme.

---

[11] Dal diario di Adelina[Tutto il paese dava segni di lutto e di dolore. Otto forti giovani, quattro per volta, portavano sulle spalle la cassa mortuaria. I Tedeschi che s'incontravano per strada salutavano il loro nemico e non disturbavano affatto il corteo funebre. Lungo il percorso, ogni tanto, gruppi di persone si aggiunsero al corteo. Arrivati fuori le ultime case, ecco una ragazzetta mi raggiunse tutta trafelata e mi dà un mazzo di fiori. - Chi lo manda? E lei mi accennò ad una finestra e là vidi il Sgt. Magg. Dickens, con alcuni compagni che avevano il volto pieno di tristezza .Prima del cimitero, qua e là, lungo la strada provinciale, si vedevano prigionieri nascosti dietro le siepi e buttati per terra. In una collina accanto al Camposanto vi erano altri prigionieri che osservavano il funebre corteo.Nella serata diversi vennero in paese, ma mesti e addolorati per la perdita del loro compagno.

«*Allora?*» mi chiese quando tornai.

« *Ha ittu che non ce vè: ce tè gende pure essa*» e le spiegai che dalla zia Sabetta c'era un prigioniero, Adelina, Olga e altre due persone, un uomo e una donna che non avevo mai visto.

«*Che, gira che te regira, non rrestanu pure éssa! Pussibbile che questa m'ha da fà murì de scicima!*[12] » fu il commento di mamma. Papà, però, la tranquillizzò dicendo che lui aveva saputo, da persona fidata, che il comandante aveva dato l'ordine di non creare incidenti la notte di Natale.

Difatti, sia dai Passionisti che in Parrocchia, pur riconoscendosi i prigionieri dai paesani, senza essere degli esperti[13], nessun tedesco fece nulla..

Così fu anche il giorno di Natale.[14]

Insomma, si può dire che per tutto il periodo delle feste natalizie, a Moricone, fu firmato un secondo armistizio!

All'anno nuovo, il 1944, si cominciarono a vedere con una certa frequenza aerei che sorvolavano la zona. Qualcuno asseriva che fossero aerei americani. I tedeschi erano sempre più agitati ed impertinenti e qualche tedesco che prima scherzava con i bambini, non lo faceva più!

I rastrellamenti ricominciarono proprio il giorno della Befana ed aumentavano di giorno in giorno ed erano sempre più frequenti gli arresti di civili, uomini e donne, scoperti a proteggere i prigionieri. La Signorina diventava sempre più arrogante.

Assistetti al racconto che Ada faceva a mia madre di quando avevano arrestato la sorella Gemma; Flavia, di circa quindici anni, volle andare in prigione con la sorella più grande; furono portate al Regina Cœli, insieme ad altri

---

[12] ansia

[13] era raro che i vestiti civili rimediati come meglio si poteva, fossero esatti.

14 Dal diario di Adelina[Terminata la Messa cantata, solenne i paesani, che conoscevano certi Tedeschi, presentarono a questi alcuni prigionieri come loro parenti. Si strinsero la mano e si scambiarono gli auguri come amici.Anzi un tale A. I. Mc Callum chiese al comandante tedesco che ora era. E questi(che era figlio di un ministro protestante, ottimo giovane e bravo conoscitore della lingua italiana) gli rispose con molta grazia; lo guardò a lungo e sorrise. L'aveva riconosciuto.]

moriconesi. Tra un arresto e l'altro, una perquisizione e più di qualche sopruso perpetrato soprattutto dalla Signorina Maria ed i fascisti che l'accompagnavano, si arrivò oltre alla metà di febbraio.

2.8 L'arrivo della sorellina e i tedeschi in casa della zia Sabetta.

La sera del 23 febbraio 1944, insieme a mio fratello, dormimmo a casa della zia Sabetta, perché mia madre doveva partorire; come si sa allora i parti avvenivano in casa con l'assistenza dell'ostetrica. Tanto per la cronaca, in ogni paese, anche piccolo, oltre al medico condotto c'era l'ostetrica; siccome casa era composta da una cucina di circa 20 metri quadrati ed un camerone di oltre 70 metri quadrati, diviso in diverse camere sia da tende che da pareti di legno, non sarebbe stato opportuno che due ragazzi stessero ad ascoltare....

Nacque una bambina alla quale fu imposto i nome di Maria Grazia. Era il 24 di febbraio, giovedì. Perché dico che fosse giovedì a distanza di anni? Perché quel giorno la zia disse che era stato da un lato bello e da un altro "un brutto giovedì".

Infatti la zia Sabetta era appena rientrata in casa e stava venendo a svegliarci quando sentì bussare energicamente alla porta: era la Signorina con due tedeschi armati di fucile; la zia si sentì mancare ma subito reagì e come se niente fosse, domandò cosa volesse a quell'ora, per tutta risposta la spinsero dentro e s'introdussero in casa.

«Dove sono?» le chiese la Signorina estraendo la pistola

"Chi, i ragazzini?" rispose la zia

«Adesso così li chiamate? I due prigionieri che ieri sera sono venuti a dormire qui!»

Nel frattempo ci eravamo svegliati e Piermichele, tutto insonnolito, uscì domandando cosa succedesse.

«Chi c'è di là con te?»

-*fratimu*- rispose, la Signorina lo scansò e s'introdusse nella cameretta e mi trovò che, non avendo capito cosa stesse accadendo le dissi: "*Bongiorno! Perché té a pistola mmani?*"

«Chi altro c'è a dormire in questa casa oltre tuo fratello?»

"Mamma dice sembre che cô nui ce dorme l'Angelo Custode" risposi ingenuamente; la Signorina pensò ad una battuta di spirito e tutta stizzita disse a zia: «Questa volta ti è andata bene! Ma stai in campana!...»

Zia Sabetta pacatamente:*" Signorì! 'O sa come se dice? Male non fa e paura non avé"*

Rimasti soli, zia si accasciò su di una sedia ed esclamò la frase del giovedì da ricordare! Soggiunse che bisognava scoprire chi la teneva così sotto controllo per poi riferirlo al Comando!

Appena usciti, incrociammo un tedesco che ci salutò cordialmente e domandò:

«Dove andare piccoli di gelato?[15]»

" A casa" rispose Piermichele.

«Cosa fare casa di sig-nora Papi?»

Piermichele:*" È nostra zia"*

«Ah! So! Tu dire zia fare attenti! Ma no dire detto me! Ciao!» e strofinandogli la mano sulla testa proseguì verso la salita. Tornammo subito dalla zia e le riferimmo l'accaduto. La zia esclamò: «*'Ó sapea che era contollada... 'Na furtuna che non tutti i tedeschi so uguale!*»

Giunti a casa, la bambina non l'abbiamo potuta vedere subito ma dopo mezz'ora buona; quando la vedemmo, dissi: «*Com'è piccola, mà! È più grossa 'a bambula dea fija de Pippinu u Podestà!*»

"Èvvì? Ma crescerrà se Dio vô, nì".

In serata cominciò a piovere.

Maria Grazia appena nata pesava 1470 grammi a detta di papà che la pesò; dopo la guerra era anche più grande di qualche sua coetanea: era cresciuta! Era cresciuta a dispetto di tante persone che come l'hanno vista hanno dubitato della sua riuscita; addirittura una cognata di mia madre, che quando parlava faceva una cantilena come se piangesse (difatti la chiamavano *a piagnòna);* disse quando venne a fare la visita di prassi: «*Cicilia mea e quessa non campa...*»

---

[15] evidentemente intendeva gelatai

al che Vittoria, inviperita le disse: " *Zì, se si vinuta ecco pé piagne, èllo 'a porta e vattene!"* e la cacciò di casa! Papà, quando lo seppe la redarguì ma ormai era fatto! Però, qualche giorno dopo, zia Settimia salì di nuovo le scale insieme a nostro padre; mamma si scusò per il comportamento *"de lla sarrapica*[16] *de Vittoria"*

Da quando era nata la bambina, ovviamente mamma non poteva stare al negozio e doveva starci papà, coadiuvato da Irene che pian piano cominciò ad entrare nel meccanismo. Dato che le scuole erano chiuse, Piermichele, per i rari interventi (i più semplici) elettrici sostituiva nostro padre; io sembravo destinato a fare il fattorino!

---

[16] persona che chiacchiera molto e spesso a sproposito

CAPITOLO 3°

3.1 I bombardamenti.

A marzo, soprattutto gli uomini che avevano fatto la guerra, cominciavano a preoccuparsi ancora di più per via delle frequenti ricognizioni aeree.

Un giorno, mentre con mio cugino Gastone andavamo in "ispezione" intorno al paese per curiosare, notammo, in un chiavicotto stradale, dei fili che si ricollegavano agli altri chiavicotti (in quel tratto ve ne erano quattro). Subito lo dicemmo a papà che disse trattarsi sicuramente di inneschi per mine: avevano minato la strada, secondo lui, per un'eventuale ritirata «Quindi» concluse « significa che a breve finalmente se ne andranno!»

Febbraio per me non fu molto interessante dal lato "girovagatòrio", in quanto con la sorellina neonata, avevo molto da aiutare in bottega (come "fattorino" bisognava essere sempre presente), anche perché nostro padre, come responsabile della cabina elettrica del paese, doveva essere sempre pronto, in eventuali incursioni, a staccare la corrente.

I tedeschi sempre più alla ricerca di prigionieri; in verità si poteva vedere molto più la Signorina con qualche fascista, per lo più forestiero, o qualche giovane reclutato per l'occasione. Tra qualche rara giratina in giro o con Gastone o con Marsilio, siamo giunti al mese di marzo e si cominciava a sentire il tepore della primavera.

La mamma riprese e scendere in bottega con più frequenza e quindi avevo qualche ora in più per girovagare.

Ricordo che eravamo Gastone, Mario, io e Marsilio e stavamo andando all'Ortomonte, altra zona del paese, quando sentimmo di urlare "Aaalt!" e dopo qualche secondo una raffica di mitraglia. Corremmo sulla provinciale e dal muretto vedemmo tre o quattro uomini correre verso la campagna e due tedeschi che li inseguivano; arrivarono vicino a noi altri tre tedeschi e ci mandarono via!

Eravamo arrivati ormai a metà marzo.

Un giorno papà mi permise di andare in campagna con lui nel terreno Santunicola, dove c'era già zio Assunto e qualche altro a fare dei lavori.

Zio Assunto era abruzzese ed aveva sposato la sorella di mio padre: faceva il cantoniere.

Mentre cercavo gli asparagi lungo la fratta, un aereo passò molto basso in direzione di Montorio, corsi subito vicino a papà; zio disse che era tedesco ma papà disse che non gli sembrava, visto che aveva i cerchi sulla fusoliera. Di lì a poco ne comparve un altro da verso Monteflavio; il primo deviò a sinistra verso Farfa e l'altro praticamente gli sbarrò la strada, per così dire, e cominciarono a mitragliarsi e allontanandosi scomparvero dietro gli alberi che paravano la visuale. Poco dopo, si sentì un forte scoppio e comparve una colonna di fumo nero; passato qualche secondo, si sentì il rombo di un aereo sempre più vicino e passò sopra di noi l'aereo che era venuto da verso Monteflavio e che tornava indietro; sulla fusoliera vidi la croce tedesca. Papà e zio decisero lasciare tutto e ritornare a casa.

Visto che, come disse mio padre a mamma, le cose stanno cambiando e con molta probabilità ci saranno problemi durante la ritirata dei tedeschi e nelle ritirate i militari fanno sempre cose che normalmente non fanno, dovevamo realizzare una buca nel muro per nasconderci quello che non potevamo portarci dietro. «Che vòrdì?» disse mio fratello e papà: " 'O vederrai." e cominciò a tastare il muro, battendo con un martello e noi cominciammo a fare altrettanto. Loro cercavano soprattutto dove il muro fosse presumibilmente più spesso e in basso; essendo più piccolo, io avevo preso una scaletta-panchetto che aveva fatto papà per pendere i barattoli. Dopo due o tre spostamenti, al primo colpo che diedi, si sentì un toc a vuoto! «Papà!» chiamai e lui disse di aver sentito, si avvicinò e tutt'intorno suonava quasi a vuoto: avevamo trovato come una cappella di chiesa piena di cocci, terriccio ed ossa! Mio fratello disse che avevamo trovato una tomba!

Nostro padre prese la lampadina a pile e guardò nel vuoto che si era creato sopra i detriti ed esclamò: «Ma è una *cappella dell'Acchiesa Vecchia![17]»*. Fu svuotata completamente ed adattata ad armadio a muro e ci nascondemmo: la macchina da cucire, la macchina da scrivere, alcune suppellettili (secondo mamma rare), una damigiana di vino, una di olio, qualche barattolo di sgombro ed altre cose che non ricordo poi fu richiusa l'apertura con calce e non so come fece papà, ma sembrava vecchia e ci dovevi proprio fare attenzione per notare la differenza.

A proposito di lampadina a pile, noi eravamo gli unici al paese, ad avere la licenza per la vendita delle lampadine, e si vendevano anche le pile da 3 e 4,5 volt, cilindriche le prime e piatte le seconde. Le lampadine che si vendevano di solito non superavano, allora, 25 Watt in quanto avevano quasi tutti il limitatore di corrente a 15 o 25W, in base al contratto.

Qualche giorno dopo, mentre stavamo davanti alla bottega e Sante*(Santu 'e Sirvì*, padre di Gabriele, che era un uomo più anziano di mio padre ed era alto quanto Nibbale e da giovane dicevano che era anche lui molto forte.) ci stava insegnando un gioco, arrivò un tedesco, doveva essere un ufficiale, che chiese: «Dofe essere spezialista lit... luce?» Sante rispose che non lo sapeva ma dentro la bottega c'era la moglie; non feci in tempo a dire di essere il figlio che il tedesco era entrato, mamma mi chiamò e mi mandò a chiamare papà; mamma, che parlava solo dialetto gli disse*:"Se spetti fijumu u va a cercà"*

«Cosa dire sig-nora...» ed io: -Se attendere io chiamare mio padre- « Buono! Io passare a mezza ora, tu dire urgente electrizità via prinzipale. Festende?» e andò via. Mentre stavo salendo per vedere se fosse stato in casa, papà uscì dal gabinetto.

Scese e disse di aver sentito, poi a Sante ed agli altri che erano lì, espresse il suo parere e cioè la corrente serviva per far saltare la strada minata e gli raccontò dei fili sotto i

---

17 abside laterale della Chiesa Vecchia. Chiusa dalla parte della chiesa con mattoni. Intorno al 1980 fu ristrutturata per altri usi la Chiesa Vecchia e l'architetto non riusciva a capire dove era finita l'abside; saputo ciò, mi sono ricordato "l'armadio a muro" quindi fu ripristinata l'abside.

chiavicotti lungo la strada provinciale. Gli altri gli dicevano di non farsi trovare ma lui diceva che sarebbe stato peggio: se la sarebbero presa con loro e con la nostra famiglia. Insomma papà aspettò il militare e quando giunse gli spiegò che era "umoglic" in quanto lui doveva chiedere il permesso a Tivoli prima di fare qualsiasi operazione fuori dalle usuali. "Telefonire morghen a Tivoli" disse mio padre; «Nain» rispose il tedesco «jezz, subito! Altrimenti kaputt te e tieci zivili» " Ma.." «caine ma! Jezz! finfze minuten, quintici minuten!» e va via.

Sante suggerì di chiudere il negozio per quel giorno e andare su nella Vallicella da nonna. Papà accettò il consiglio a metà: chiuse il negozio e restammo in casa ad aspettare gli eventi...se proprio fosse stato necessario sarebbe uscito. "Quel che sarà, sarà" disse.

Dunque, a fianco della porta del negozio, a destra, c'era (e c'è ancora) una finestra a giorno con una inferriata ed una fitta retina di acciaio. Quando il tedesco tornò, stando al racconto del compare Peppe che era presente, Sante era appoggiato lì con la schiena e le braccia conserte; gli domando dove fosse l'elettricista e perché era chiuso il negozio e lui rispose che non capire tutto, ma l'elettricista era andato a chiedere a Tivoli! Il tedesco s'incattivì ancora di più e tirando fuori la pistola minacciò Sante, il quale pensava ad una minaccia esagerata, alzò le braccia esclamando un "Ehe!" come per dire "esagerato!", ma quello sparò ed il proiettile passò sotto l'ascella di Sante e si conficcò, sfondando la rete, nello scaffale di legno dentro il negozio. Sante si accasciò come un cencio ed il tedesco andò via, secondo il compare Peppe, bestemmiando in tedesco "ferrate!"[18]. Sentito il colpo di pistola, mio padre si precipitò fuori, pensando al peggio: fortunatamente Sante era solo svenuto ed i tedeschi il giorno dopo, durante i bombardamenti, fecero saltare solo il primo dei punti minati. Precisamente sotto la casa di Cesare Morelli.

---

18 la parola che assomiglia a "ferrate" è Verräter (ferreter) Traditori

Le "Cicogne"[19] degli alleati, ormai tutti riferendosi agli inglesi o agli americani dicevano alleati, erano sempre più frequenti nei loro giri di ricognizione a bassa quota; ci furono delle incursioni aeree fuori dell'abitato, lungo la provinciale per far saltare depositi di munizioni dislocate lungo il percorso.

Il due di aprile mio padre, in mattinata, decise di andare in cabina a staccare la corrente visto che c'era uno strano traffico di ricognitori aerei, disse lui.

Uscì di casa ed io, "*cutulu, cutulu*"[20] per timore che mi vedesse lo seguivo a distanza ma proprio alla fine di via del Forno c'era, e c'è ancora, uno di quei gradoni in muratura che fungevano da panchina, lui si fermò a riallacciarsi una scarpa e mi vide: «Papà...io...» dissi e lui:"Va bene, dai! Ormai.." Ma quando fummo a Porta Nova, di nuovo la cicogna passò a bassissima quota così lui di nuovo m'intimò di tornare a casa, che sicuramente stavano per bombardare! Malgrado insistesse che tornassi a casa passando per il Mandrio, che era più protetto; io non lo ascoltavo e trotterellavo accanto a lui che procedeva molto svelto. Si sentiva più lontano il rombo di molti aerei. Arrivati alla fontana di piazza Umberto I[21], s'udirono dei sibili uno dietro l'altro e papà mi afferrò e mi getto a terra, coprendomi col suo corpo! Fu un attimo: degli scoppi fortissimi, poi un tremendo boato e sentii la terra sotto di me tremare. Ancora scoppi e crepitii e ancora altro boato più forte. Passarono delle ore, in quei secondi di panico: quando papà si scosse e mi rialzò, una trave di ferro tutta contorta e fumante la vidi conficcarsi in terra vicino la Chiesetta del Calvario e sassi, polvere, terriccio tutt'intorno. Data un'occhiata sommaria, là non c'era niente di sbragato! Andammo verso la cabina e giù, al ponte che era a circa quattrocento metri in linea d'area, era scomparso il Casale di Filippó! Al suo posto un'enorme buca e intorno tutto biancastro fumante, sotto un'enorme colonna

---

19 Aerei leggeri da ricognizione.
20 Prudentemente, "tomo tomo" direbbe il napoletano
21 l' attuale P.zza Sforza Cesarini

nera di fumo e scoppi e crepitii continuarono per non so quanto tempo. Restai impietrito; papà mi prese in braccio ed arrivammo alla cabina.

Mio padre, ovviamente passato il momento di terribile spavento, mi stava sgridando per il rischio che avevo corso... Ci tenni a fargli notare "che abbiamo corso"! Arrivati alla cabina, proprio davanti alla porticina d'ingresso, un sasso grande quanto la mia testa, ancora fumante. Quando lo vidi non potetti fare a meno di esclamare: " *Ha vistu? Se non t'eri fermato pé me, 'stu sasso te potea cascà 'ncapu!"* E lui: « *Va a finì che me toccarrà rengrasiatte!*».

Quando andammo via, ancora si sentivano scoppi.

Il Casale di Filippó, un tempo fungeva da, come la possiamo chiamare, una Posteria? Era una specie di osteria con possibilità di mangiare qualcosa per i viandanti e non solo: era di solito il punto di partenza per le gare di ruzzola; i tedeschi l'avevano requisito e ci avevano fatto il Comando per la distribuzione degli armamenti e deposito di carburante. Almeno così si diceva...

Quel bombardamento costò la vita a zio Giggi, figlio del fratello di nonna Maria e ad Ezio de Vecchis, che non avevano ancora venti anni! A conferma di questo avvenimento, ho ritrovato qualche tempo fa, in un commento sui ricordi di guerra di Luigi Filippetta, questo:

".....[omissis]Verso le dieci sentimmo un rombo continuo nel cielo; guardammo e vedemmo arrivare dalle parti di Montorio ventiquattro bombardieri alleati. Mentre li guardavamo arrivare quasi sopra di noi per capire dove fossero diretti, vedemmo un segnale di fumo nero lanciato dall'aereo di testa e subito mio fratello e mio cugino che erano reduci di guerra gridarono: A terra! A terra! E ci buttammo tutti nella fitta dello scassato, uno dietro l'altro, e il bambino sotto mio fratello che lo proteggeva. Passò solo qualche secondo prima di sentire i fischi nell'aria delle bombe che cadevano e poi gli scoppi e boati che facevano tremare la terra per i depositi di tubi di gelatina e di tritolo che saltavano in aria e che erano nascosti tra gli ulivi poco prima del cimitero: un bombardamento non più come quelli

sentiti ogni giorno da lontano, ma un bombardamento vicino, a non più di alcune centinaia di metri da noi, anche se noi li sentivamo appena al di là dalla collina.

Andati via gli aerei, noi sentivamo ancora un continuo scoppiare di proiettili nei depositi nascosti negli uliveti che fiancheggiavano la Maremmana e che non erano stati colpiti direttamente dal bombardamento: forse i proiettili scoppiavano l'uno dopo l'altro per surriscaldamenti successivi.

Noi avevamo paura che gli aerei tornassero ancora per una nuova ondata e perciò corremmo a ripararci sotto un greppo di cappellaccio, residuo di una vecchia cava di pozzolana. Vi restammo per quasi un'ora, perché gli scoppi non accennavano a cessare.

Io e mio cugino allora uscimmo dal riparo per vedere in direzione degli scoppi e renderci conto della situazione, ma in quel momento ci fu una fiammata così grande che sembrava incendiare il cielo sopra la nostra collina, e un boato secco fece tremare la terra. Ci buttammo di nuovo sotto il greppo di cappellaccio e sentimmo nell'aria sopra di noi fischiare cose che andavano a cadere sulla collina opposta.

Che cosa era successo lo sapemmo dopo: era scoppiato il casale isolato in un campo di ulivi a fianco della Maremmana, nel cui primo piano era alloggiato il comando tedesco della zona e nel piano terra era collocato un deposito di tritolo.

Quelle cose volate sopra di noi erano piccoli blocchi di cemento, il catenaccio della porta e altri pezzi di ferro e pietra, mentre pezzi di travi contorti e un torchio erano volati ad alcune centinaia di metri dal luogo dello scoppio.
In seguito sapemmo che i tedeschi del comando urlavano disperati dalle finestre del casale, ma non potevano fuggire e scampare per la grande quantità di proiettili che scoppiavano loro intorno. Con lo scoppio del deposito di tritolo al piano terra essi si volatilizzarono assieme al casale, al cui posto rimase una buca enorme e profonda diversi metri.

Poi sapemmo che poco più lontano da quel luogo erano stati colpiti dalle bombe e morirono due miei coetanei del mio paese, che si erano recati la mattina per lavoro nei campi."

(da <http://ilmodano.blogspot.it/> di Luigi Filippetta)

3.2 Bombe vicino casa

Tornati a casa mio padre disse di preparare per allontanarsi dal paese, poiché ormai non c'era più speranza che ci salvassimo da attacchi, essendo questa una zona di transito e i ripetuti assalti erano mirati ai depositi di munizioni e troppi ce n'erano, mimetizzati, lungo la strada provinciale! Difatti molti paesani già dai primi sentori, avevano cominciato a rifugiarsi in campagna o a Monteflavio, nove chilometri distante e situato a circa mille metri sul livello del mare e la strada non aveva sbocchi.

Infatti le mie sorelle, avendo delle amiche a Monteflavio, avrebbero preferito andarvi; così pensavano di separarci chi a Crovagnano, dove c'erano delle grotte degli antichi romani, e chi su in montagna. Al che espressi il mio parere: o tutti a Monteflavio o tutti a Crovagnano; Piermichele era d'accordo con me: così tutti alle grotte dei romani.

Cominciammo a preparare ciò che dovevamo portarci; papà aveva già fatto preparare ad Irene delle fette di pane abbrustolite sulla stufa così, disse nostro padre, non ci sarà possibilità che il pane si muffi e durerà più a lungo.

Per tutto il giorno, fino alla sera tardi radunammo tutto e si decise di partire l'indomani per il rifugio. Veramente ci fu un avvenimento che vale la pena ricordare: mentre eravamo indaffarati, mamma era in bottega per via che qualcuno l'aveva chiamata per comprare qualcosa, e si sentì che stava bisticciando con qualcuno; nostro padre scese a vedere e vide che sul piatto di contrappeso della bilancia c'erano delle bombe a mano e un tedesco che faceva capire a mamma di mettere zucchero sul piatto, fino a raggiungere il peso delle bombe e mamma che gli diceva, alquanto alterata:«*Leva sse fregne da èsso sopre se non vó che botta 'ncapu!*»; Papà, col suo pseudo tedesco fece capire al militare che era contro legge dare zucchero senza tessera e lo convinse ad accettare solo quello che potevano dargli.

La notte non fu troppo tranquilla anche perché la bambina ogni tanto si svegliava e piangeva; secondo papà era il latte di mamma che era "agitato".

La mattina del 3 aprile, avevamo messo il carrettino fuori dal Mandrio e cominciammo a caricarlo; avevamo fatto due viaggi, io e mio fratello, che ci fu un'incursione aerea e corremmo sotto il Mandrio, dove già c'erano altre persone; qualche secondo dopo due esplosioni: la prima più distante, la seconda proprio a metà salita di fronte al Mandrio; io vidi pezzi di ferro e sassi che volavano verso la fontanella ed una pagnotta di pane che ruzzolò fino alla casa di zì Giovanni. Dissi forte "Pippo!", mio fratello mi domandò cosa stessi dicendo e dissi che la pagnotta di pane era di Pippo Palla[22] che ogni paio di giorni andava dalla cognata a prendere il pane che gli cuoceva.

« *Tu che ne sa?*»

"*u fiju Gino vè a scola cô me. Io u vajo a vedé!*" Ma Piermichele mi fermò e mi trascinò dentro il tunnel. Intanto arrivò un uomo, che non ricordo chi fosse, con una mano sanguinante balbettando che Pippo aveva un buco nella pancia; dopo qualche secondo, si sentì un altro scoppio e quell'uomo disse che "per fortuna" erano spezzoni[23].

Ci fu qualche minuto di relativa calma e corremmo verso casa ma papà, mamma con in braccio la piccolina e le nostre sorelle stavano correndo verso di noi; tornammo indietro e come arrivammo sotto, un boato enorme, i sassi arrivarono fin sotto il Mandrio ed ogni tanto si sentivano rintocchi di

---

22 **Filippo D'Auria** (vedovo con quattro figli)
23 **bombe da circa 2Kg che si usano contro bersagli animati, truppe in marcia, ammassamenti di persone, il cui involucro si frantuma in molti pezzi al momento dello scoppio.**

campane: i detriti che le colpivano le facevano suonare. Terrorizzati ed angosciati soprattutto perché il campanile era proprio sopra casa nostra.

Andati via gli aerei, ognuno riprese la propria strada e come salimmo le scalette, vicino alla casa di Maria 'e Cristò, vidi come un campanello d'oro molto brillante e lo afferrai, mi scottò e lo lasciai, contemporaneamente mi arrivò un ceffone di Piermichele:*«Quante vòte tocca a dittelo che de 'sti témpi n'ha da recoje gnende pé terra?»*. Finimmo di caricare e ci preparammo alla partenza.

Personalmente ero molto rammaricato per via del padre di Gino. Quando partimmo, corsi avanti e andai verso la salita, c'erano delle persone intorno a Pippo, arrivai a cinque o sei metri e un anziano non mi fece proseguire, ma ormai avevo visto la scena che ancora mi accompagna. Tornai "al gruppo nostro" e mi presi un'altra strigliata!

Ogni qualvolta mi capita di ricordare quel giorno, rivedo gli esodi biblici! Mio fratello trainava il carrettino, io spingevo dal di dietro avendo uno zainetto a tracolla; seguiva mamma, con un canestro infilato al braccio e contemporaneamente teneva Maria Grazia, in fasce, avvolta in una copertina; di fianco a mamma Vittoria con un pacco sulla testa (dentro c'era il prosciutto); dietro Irene e zì Ginevora ognuna con una canestra in testa; chiudeva il gruppo papà, col suo fedele tascapane di cuoio a tracolla e una scaletta sulla spalla. Per inciso, il tascapane era la sua cassetta degli attrezzi; la scaletta sarebbe servita per attrezzare la capanna, che se non l'avevano distrutta sarebbe stata la nuova casa!

3.3 Sfollati.

Stavamo lasciando la strada principale e proprio vicino l'imbocco della stradina secondaria c'era una pattuglia tedesca, erano tre militari armati e col berretto da guerra. Intimarono l'alt e chiesero "dove andare e cosa afere", nostro padre venne subito avanti e col suo malo tedesco farfugliò, se ben ricordo: «Fluc for annst bomben!»(oggi so che avrebbe voluto dire *"Wir fliehen aus Angst vor den Bomben"* fuggiamo per paura delle bombe*)*; *"Sprik tu doic?"* disse quasi ironico il tedesco poi indicando il carrettino :*"Unt tise zoik"* disse il soldato e papà: «Per sopravvivere!» *"was?"* «*zuberlebe*» chiarì papà e sembrò che quella parolaccia fosse come un lasciapassare dato che il tedesco, facendo segno di andare disse *"ghee, fil glik" (Geh, viel Glük)*! «Tanche» disse papà e riprendemmo il cammino.

Non starò a ricordare quello che tribolammo per far salire il carrettino per il ripido viottolo che conduceva a Crovagnano! Quando finalmente giungemmo a destinazione, fu una grande consolazione constatare che la capanna ancora esistesse; la delusione arrivò dopo.

Puntellato il carretto, cominciammo a depositare ognuno il proprio bagaglio, quando mamma lanciò un grido: «*A monella!*», tutti ci avvicinammo e con terrore vedemmo la coperta che avrebbe dovuto contenere la bambina era vuota! Attimo di angoscia, ci guardammo in faccia sbigottiti e prima che qualcuno dicesse qualcosa, si sentì il vagito, attutito, della bimba: la coperta aveva fatto una sacca e la bambina vi era scivolata dentro, mentre mamma, per quasi tutto il tragitto, aveva tenuto stretta la coperta arrotolata!

Parliamo della delusione di quando aprimmo la porta della capanna: aprire è un eufemismo; come papà spinse la porta questa cadde, era solo appoggiata; entrammo ed a parte le ragnatele ed il lerciume, la copertura e le fiancate sembravano fossero grate di paglia. Subito ci attivammo per procurare del materiale di copertura. Fortunatamente poco distante c'era una zona dove nasceva spontaneo il quadrello (*Carice spondicula*) un'erba più resistente della stoppia e prima che calasse la sera la capanna fu riparata; cominciammo a sistemare le "suppellettili" e quando cominciò a farsi buio, papà si presentò con una scatola ed una lampadinetta; poco dopo avevamo la luce! Non vorrei dire una stupidaggine ma credo che eravamo gli unici ad avere "l'elettricità" nella capanna. Sembrava come se avessimo riprodotto il Presepio, dato che quasi tutti lì vicino vennero a vedere la capanna " *coa luce*". Ovviamente volevano che anche a loro papà facesse "l'impianto" ma non era possibile in quanto quella era una batteria che la SRE (l'allora società elettrica) dava in dotazione ai cabinisti come riserva per la luce di emergenza nelle cabine elettriche. A quanto pare, mio padre era stato previdente e l'aveva presa.

A prescindere dalla guerra, ma in quell'epoca la batteria non è che fosse un prodotto commerciabile come oggi, in più la batteria che era più reperibile (e non sempre) era una batteria piatta da 4,5Volt e ricaricabile non sapevamo nemmeno cosa fosse; una volta scarica si gettava via. Le batterie che si ricaricavano erano solamente quelle delle automobili e basta dire che a Moricone fino ad allora mi pare c'era un solo camioncino. Questa puntualizzazione è dovuta al fatto che non potevamo usare la batteria troppo a lungo per il rischio di rimanere senza.

Non ricordo se fosse stato domenica o lunedì il giorno del bombardamento; comunque sia, la bottega rimase chiusa anche il giorno dopo. Mi sembra fosse lunedì e prendiamolo come riferimento così diciamo che il mercoledì mattina nostro padre ed Irene andarono ad aprire il negozio, perché malgrado tutto i clienti rimasti al paese dovevano mangiare; in più papà era di turno come distributore annonario[24]. Quando la sera ritornarono, papà portava un sacco con una decina della parte inferiore delle bottiglie; mamma, pensando che ci volesse fare i lumini ad olio, gli disse che ne bastavano due o tre. Papà, che aveva capito l'equivoco, le disse di aspettare prima di parlare; infatti insieme alle bottiglie tagliate aveva tirato fuori un boccione con un liquido azzurro ed alcuni spezzoni di rame e di un altro metallo e degli archetti strani che avevo visto nelle "pile a liquido" dietro i trasformatori della cabina. Per farla breve, papà rifece le pile

---

24 i beni di consumo soggetti al razionamento, li aveva in custodia uno dei commercianti locali dal quale gli altri effettuavano il prelievo e l'incarico era periodico.

come quelle che alimentavano il telefono della cabina! Così non c'era pericolo che si scaricassero.

A Crovagnano dove eravamo sfollati c'erano, per quello che sapevamo, due grotte alle quali si accedeva da un'apertura fatta non si sa quanti anni prima; una grotta era dritta all'ingesso e l'altra subito a destra. Furono ripulite e quale non fu la sorpresa quando pulendo quella dritta, ad un certo punto si scoprì che era tutt'una con quella di Domenico Blasi che era nostro confinante e fu in quell'occasione che si accorsero che l'ingresso di fatto era quello dalla parte di Domenico; anche da quella parte c'era un altro ramo che però non fu ripulito del tutto poiché nei secoli precedenti era stato proprio demolito il muro. Mentre dalla parte nostra il ramo destro arrivava fin quasi a completare il terzo lato del rettangolo formato dalla grotta completa; a metà del lato destro della nostra parte c'era un foro sopra la grotta di circa un metro di diametro, come fosse una presa d'aria o forse era un ingresso per accedervi dal pavimento della costruzione che sicuramente era sopra. Mentre scavavano, noi ragazzini mettevamo da parte cocci e reperti che erano tra la terra ed i detriti. Tra le tante cosette strane, ci trovammo una statuina senza testa alta quasi un metro: fu messo tutto da parte col dire che passata la bufera avremmo deciso cosa farci; passata che fu, quando ci abbiamo ripensato, non c'era più nulla!

Il periodo passato a Crovagnano per noi ragazzi fu quasi una vacanza aggiuntiva; durante il giorno si giocava ai giochi più usati all'epoca: da "guardie e ladri" a "picculu"; perfino i più grandi come Andrea, Pasqualino e Luciano (15/17 anni). Si andava per asparagi, per luppoli ...insomma i giorni passavano abbastanza veloci, per noi! Ogni tanto c'era qualche incursione aerea e di solito senza conseguenze; solo un paio di volte furono invasive: una mitragliarono proprio sotto di noi (eravamo abbastanza alti rispetto alla valletta e quindi, spesso gli aerei passavano sotto di noi) con la conseguenza che uccisero diverse pecore (e per più di qualche giorno si mangiò carne!); un'altra volta che bombardarono vicino Stazzano (i grandi dicevano per sbracare il ponte) e gli aerei rigiravano a bassa quota proprio a rasentare un olmo altissimo che era al confine del nostro terreno e addirittura si distinguevano i piloti. Fecero diversi tentativi per sbracare il ponte ma fu solo danneggiato parzialmente.

Noi ragazzi non ci eravamo resi conto, malgrado qualcuno di noi avesse subìto il panico dei bombardamenti, che coloro che abitavano là, stessero subendo quello che avevamo subito noi una quindicina di giorni prima! Assistevamo come fosse uno spettacolo.

Come si sentiva il tremendo ronzio di quando gli aerei bombardieri spuntavano da Monte Gennaro, tutti di corsa sotto le grotte e le donne cominciavano a recitare il rosario; il rumore delle squadriglie era molto assordante, quando non giravano verso Monteflavio (a est) ma passavano proprio sopra di noi se andavano verso Montelibretti (nord-ovest). Mi ricordo che Dina, una cugina di Andrea, che forse aveva un anno più di me, lasciava improvvisamente quello che stava facendo e di corsa, senza dire nulla, andava alla nostra capanna a prendere Maria Grazia ed entrava nella grotta, con il "fagottino" in braccio; dopo qualche secondo si sentiva il ronzio ed appariva la squadriglia degli aerei. Un giorno che non lo fece, era talmente scontato che lo facesse lei, ci accorgemmo che eravamo in grotta senza la neonata Maria Grazia!

Intanto, non sapendo quanto sarebbe durato il periodo di "rifugiati" ci eravamo, cioè si erano, i grandi, organizzati perché quella permanenza fosse stata meno gravosa; addirittura avevano costruito una capanna molto grande, divisa in più settori, sia per stendere la biancheria lavata, in caso di pioggia, che per i bisogni corporali: a tale scopo, c'erano due settori con molte buche abbastanza profonde.

Noi, ragazzi e ragazzini, avevamo in linea di massima, l'incarico fisso di andare a procurare l'acqua potabile o alla sorgente del Pisciarello (Passo Callararo), circa un chilometro, o al Fosso degli Impiccati, circa un chilometro e mezzo. L'acqua per altro uso, si andava al pozzo di Domenico Blasi (un pozzo in muratura profondo diversi metri) e sempre con una persona più grande per azionare la carrucola col secchione.

Malgrado tutto, riparlandone, quasi tutti l'allora ragazzi, ripensiamo a certi momenti con nostalgia di quella vita parzialmente bucolica! Forse perché, soprattutto, si era ragazzi.

Per non essere troppo monotono, vado a giugno del 1944 e ricordo che fu un periodo molto brutto, per la paura di essere colpiti dalle cannonate che sentivamo non troppo lontano, tra Moricone e Monterotondo.

Per molte sere eravamo terribilmente affascinati dalle traccianti[25] che ci passavano davanti, essendo noi su di un colle. Ma questo periodo devo averlo cancellato dalla memoria, poiché rammento pochissime cose ed anche perché di rado noi ragazzini si andava al paese.

Perciò per un periodo mi rimetto al diario di Adelina:

3.3.1 Il diario di Adelina

[omissis]...............*Il fronte infatti si avvicinava ogni giorno di più verso Roma: tutti, prigionieri ed Italiani, aspettavano con ansia l'arrivo degli Alleati. I prigionieri rimasti, la sera tardi, si riunivano in un mio podere ed io mi intrattenevo a lungo con loro, di giorno però, loro rimanevano nascosti nel bosco.*

---

25 Sono di norma caricati ogni cinque cartucce nei nastri delle mitragliatrici. I capi squadra o plotone, a volte caricano i loro caricatori interamente con proiettili traccianti, in modo da indicare ai propri soldati gli obiettivi da colpire. Sono utili ad esempio in operazioni difensive notturne, in quanto una mitragliatrice dotata di traccianti, sparando verso il nemico, lo evidenzia agli occhi di tutte le altre postazioni.

La sera del 6 giugno sento avvicinarsi un gruppo di otto prigionieri, ridendo e parlando ad alta voce fra loro. Non appena mi furono davanti gli dissi: "Roberto, ma che avete questa sera che siete così allegri? Non vi ricordate che i Tedeschi sono vicini e vi possono sentire?"

"Peggio per loro se ci sentono!"

" Ma è peggio per voi !"

"Ora non ci possono fare alcun male. Devono pensare ad altro."

"Ed a che cosa?"

"Come, non lo sapete che ieri alle ore 16 le nostre truppe sono sfilate per le vie di Roma?"

"E chi ve l'ha detto?"

"Un paesano che ha sentito la radio."

"Lo volesse il cielo che sia vero."

In quel momento vennero altri cinque prigionieri, anche loro tutti contenti per la bella notizia avuta. Si misero a commentare tutti insieme i lieti avvenimenti del giorno, calcolando quando gli Alleati avrebbero liberato Moricone e restituito a loro la libertà.

Ma le cose potevano riuscire meno facili di quanto apparivano a prima vista, perché i Tedeschi, che nei giorni dietro si ritiravano precipitosamente, dalla mattina si stavano piazzando a Moricone per rallentare 1'avanzata alleata e già i tiri delle artiglierie tedesche s'incrociavano con i tiri delle artiglierie alleate. I prigionieri vivevano ore di attesa e di ansia: "Attenta, Adele" mi dicevano, "mettetevi al sicuro nelle grotte."

Il 7 giugno, dalla mattina alla sera, le artiglierie tedesche ed alleate rimbombavano sopra Moricone e nelle vicinanze. In serata tre prigionieri vennero alla grotta dove mi ero rifugiata con altre persone e ci dissero: "Rimanete ancora qui, noi essere stati nelle file dei camerati, aver saputo che i Tedeschi indietreggiare continuamente, presto arrivare Alleati e tornare liberi."

La mattina seguente i Tedeschi fecero saltare un ponte vicino al paese, poi non si sentirono più rumori di armi. Dopo aspettato un po', siamo usciti dalle grotte; ecco finalmente, si vedono arrivare gli Alleati con i prigionieri che noi avevamo salvati. Subito la gente esce dai nascondigli e dimostra la propria simpatia ai liberatori.

Noi siamo andati al Comando Alleato a chiedere di trasmettere per radio notizie dei prigionieri alle famiglie che ne erano sprovviste da nove lunghi mesi.

I prigionieri rimasero ancora alcuni giorni, dopo passato il fronte, a far festa insieme ai loro amici Italiani. Uno di loro disse: "Vediamo un po' in quanti siamo rimasti." Quindi si radunarono tutti in una casa, erano solo 23; si congratularono a vicenda, fecero festa insieme; poi cominciarono a partire.

L'ultimo a lasciare Moricone fu Joe De Lange. "Sentite, Adele"- mi disse, - "io mi trattengo più degli altri per ringraziare la popolazione del grande bene fatto a noi. Poi ho visto che, quando si vuoi far sapere un cosa all'intera popolazione, un signore di qui si ferma in tutte le vie e grida forte quello che deve sentire la gente, dunque anche io voglio fare lo stesso per ringraziare, per l'ultima volta, Moricone della cordiale e gentile carità fatta ai prigionieri Alleati.

Ora questi giovani vivono in pace, lieti e felici nella loro patria. Alcuni di essi, Enric Bull_, George Granage e qualche altro si ricordano spesso di noi ed ogni tanto ci scrivono, anzi Enrico ci ha promesso(1948) di venirci a trovare, insieme alla sua sposa, durante la bella stagione[26].

Ci dispiace che di tanti altri non siamo riusciti ad avere nessuna notizia. Speriamo che siano tornati nelle loro case e stiano bene."

---

26 Dopo qualche anno infatti venne a trovare zia Elisabetta e vide Maria Grazia: voleva portarsela via ed adottarla.

Questa è la conclusione del diario di Adele Granchelli per noi Adelina l'Americana. *(di origine abruzzese. Emigrata in epoca imprecisata negli U.S.A. vi conobbe e sposò il sig. Nicola Morelli, nativo di Moricone, e anche lui emigrato in America in epoca imprecisata).*

CAPITOLO 4°

4.1 Si ricomincia.

Verso metà giugno ritornammo a Moricone, riordinammo tutto e fu riaperta la gelateria.

Ritornati a casa, incredibile a dirsi, il primo a venirmi incontro e strofinandosi alle mie gambe col miagolìo vibrante del gatto che fa le fusa, fu Fange!

Non lo abbiamo mai nominato, ma era quasi mio coetaneo ed io lo potevo trattare male quanto più si possa immaginare ed esso non mi ha mai graffiato. Non voglio prolungarmi a parlare del gatto, ma era veramente eccezionale e descrivo solo un fatto.

Il locale dove tenevamo i prodotti più ingombranti, farina, riso, zucchero ecc... bisognava controllarlo sistematicamente per via dei topi; Fange era il "responsabile" di ciò e lo faceva egregiamente: se mio padre gli diceva, indicando un punto, *"qua Fange, sorge!*(topo)" si piazzava vicino al punto indicato e non si muoveva per ore. Un giorno ricordo che io e mio padre spostammo una cassa di pasta e dietro c'era una nidiata di topi già abbastanza cresciuti che, subito, fuggirono ...come topi! Fange ne prese due con le zampe ed uno con la bocca! Un giorno che stava sonnecchiando sulla loggetta di casa, papà gli disse *"Che sta a fa ecco? Vattene a cchiappà i surgi!"* ; se me lo avessero raccontato non ci avrei creduto: si alzò e corse via! Mio padre vedendomi meravigliato mi disse di seguirlo e dire, poi, a mio fratello che il gatto da più ascolto di lui! Infatti corsi dietro al gatto e lo vidi entrare nella buca[27] della porta del magazzino!

Riaprimmo la gelateria e non ricordo quanto tempo fosse trascorso, forse un paio di anni, dalla riapertura che papà prese in gestione l'ex CRAL-ENAL o Dopolavoro come lo

---

27 Ancora oggi, in alcune porte del vecchio borgo c'è un'apertura in basso alle porte per permettere ai gatti di entrare ed uscire.

chiamavano tutti. Mi ricordo che io dovevo stare più al Dopolavoro che in gelateria, dove ormai era fissa Vittoria.

Non ricordo molto dell'arrivo degli "americani"[28], ma pare fossero insediati nella parte del commune che dà su Viale Aureli, quando ancora c'erano solo due locali, che poi furono adibiti ad aule; non c'erano tutti i locali che ci sono attualmente. Questo è il ricordo che ho di loro, ad eccezione di qualche episodio sporadico, come quando io e Marsilio uscendo dal Mandrio con il pane della merenda che mamma ci preparava quasi tutti i giorni, due militari con dei tascapane a tracolla, uno bianco e un po' tarchiato e l'altro nero alto quasi due metri, non si sono parati davanti a noi bloccandoci.

-Cosa tu mangia piccolo?- disse rivolto a Marsilio che pensò quelli ne volessero...

« *'O pà "tóa" mammellata, ma non me "batta" mangu a mene...!* (Marsilio aveva difetti di pronuncia che in parte gli scomparvero col crescere) il pane con la marmellata, ma non è sufficiente nemmeno per me!». E quello, infilando la mano nel tascapane replica: -Tu butta brutto pane, guaglió, mangiare esso vait pane bono!-

A me suonò famigliare il "guaglió" : lo diceva la madre di "Picellu"(Vincenzo Ferraiuolo) che era venuta da Napoli durante i bombardamenti! Al che chiesi se fosse napoletano e lui: - Jè! Mio nonno dire noi guaglió, esso essere di Napoli!- Intanto il gigante nero, a sua volta, tira fuori dal suo tascapane un altro pezzo di pane, che a me sembrava ovatta, dicendomi "chi". (Fino a quando non ho saputo che "tieni!" in inglese si dice "kip" [keep] ho sempre pensato che avesse voluto parlare italiano!) «*Io?! Non 'a vojo! Magnetevela vui 'a bammace!*[29]» allora tira fuori dallo zaino un barattoletto di latta dicendo: "Tu, teic tet"; dalla mossa capii che voleva prendessi il barattoletto. «*E che rob'è?*» e l'italo-americano: -

---

28 per noi erano tutti americani: inglesi, australiani, sudafricani; tanto più che c'erano più neri tra i veri americani che i sudafricani.
29 bambagia

Tu piglia guaglió, essere gud.... buono: essere....come dire... pader...polvere, polvere di fagioli per zuppa!- Allora, quasi offeso, gli dissi: «*Ma tu 'o sa come ce chiamanu? Ce chiamanu i faciolari! E tu me vo da a porvere de facioli?* » poi rivolto a Marsilio :«*jamo Marsì, jamo!*» e li lasciammo che si guardavano stupiti della reazione.

Vorrei spiegare il nome "*Picellu*": a Moricone già dal Marzo del 1944 dopo l'eruzione del Vesuvio arrivarono i primi napoletani, poi i bombardamenti contribuirono a nuovi arrivi. Una famiglia abitava a pochi metri da casa nostra; era una famiglia numerosa, uno dei figli si chiamava Vincenzo. Quando "Peppinella", la madre si affacciava per chiamarlo, forse aveva difetto di pronuncia o dalle sue parti si diceva così, sta di fatto che si sentiva strillare "*Piciénz, Piciééénz*" e la maggior parte delle volte diventava "*Piciééé*". Da noi pisello si dice *picéllu* e quindi *Picié* diventò *Picéllu*!

Come ho già accennato non ricordo episodi particolari che riguardano gli americani come liberatori se non che cominciarono a circolare prodotti mai visti, come un tipo di formaggio incartato con un materiale come carta metallizzata, azzurra; il latte condensato ed altre cose strane per noi. Il latte condensato mi fa tornare in mente che nella bottega da fabbro di zio Merino, c'erano scatole e barattoli accatastati tra cui il latte condensato che loro, gli americani, bevevano; mi ricordo anche che lasciavano i vuoti ammasati fuori e gli altri ragazzini le scolavano per bere il latte che ne restava. Dico altri ragazzini e le ragazzine poiché nostro padre ci aveva spiegato che non si sapeva chi avesse usato il barattolo né se avesse qualche malattia; inoltre per quando arrivavamo noi da Moricone vecchio, non c'era più niente da scolare!

La moneta fu cambiata: non c'erano più i centesimi e la moneta più piccola era la lira. Ma non erano più come le nostre e si chiamavano am-lire. C'erano monete da 1, 5, 10, 50, 100, 500 e 1000 lire; le monete da 1 a 10 erano quasi quadrate mentre da 50 a 1000 erano rettangolari.

Inoltre, c'era molta gente che fumava di più.

Non ho mai capito come mai in casa ci fossero rimasti molti pezzi di monete metalliche da 50, 20, 10, 5, 2 e 1 centesimi; c'erano anche alcune monete da 1 lira e 2 lire d'argento. E non l'ho mai nemmeno chiesto a mio padre. Sapevamo che era dovuto al fatto che dopo la svalutazione erano rimaste dentro un bauletto. Quasi tutti i ragazzi giocavamo con le monete svalutate che ancora giravano per le case: io e mio fratello, c'è da dire purtroppo, eravamo i ragazzi più ricchi! Ovviamente le monete d'argento non potevano uscire di casa!

Non ricordo precisamente quando è avvenuto il fatto, però, prima che ricominciassero le scuole, il Mascherone fu spostato e ricostruito[30], con un solo vascone dietro, a fianco del Palazzo Antonelli; mentre dei tre vasconi di diverse misure ne furono rimontati due in un nuovo fontanile nei Carpini.[31]

4.2 La morte di tre amici

Non ricordo se ciò che sto raccontando sia accaduto dopo la riapertura della scuola o prima; mi sembra accadde in ottobre del 1945.

Lungo la strada provinciale, in alcuni punti, i tedeschi avevano depositato riserve di munizioni. Alcuni li ricordo ancora oggi: uno era nella Valle della Castagna, affiancato alla "Casa Torlonia", vicino al pino gigantesco[32], poi nel fosso Risecco, nelle vicinanze del bivio Montelibretti_Salaria ed altri lungo la strada per *Le Pantane*.

---

30 dove attualmente c'è la Banca ed il forno Molinari.
31 attualmente Piazza Regillo, Però negli anni 60 fu eliminato completamente.
[32] La casa, residenza del guardiano, la ricordo con degli affreschi in qualche stanza. Già era semiabbandonata prima della guerra, poi distrutta dallo scoppio delle munizioni del deposito. Il pino, con un tronco che per "abbracciarlo" ci volevano sei persone adulte, fu divelto dal vento, mi pare nel 1961.

Al Bivio del Ponte di Moricone, c'era un sentiero che portava al fosso, dove ad un certo punto c'era (credo ci sia ancora) una specie di gradino con una canella dove si poteva prendere acqua. Da quel punto, si poteva accedere ai depositi di munizioni abbandonate dei tedeschi.

Ricordo che Emilio Cruciani, figlio di Mariuccia, che abitava vicino casa mia, un giorno a me e Marsilio, ci disse se andavamo con loro a *"smondà 'e bomme"* per prendere le "miccette" che c'erano nei bossoli. Ne parlai con mio cugino Zenocrate ed il giorno dopo, ci aggregammo. Ricordo che eravamo: Marsilio, io, i miei cugini Gastone, Michele, Settimio e Zenocrate, l'amico Mario e non mi ricordo se c'era anche Giorgetto e poi i fratelli Emilio e Mario più Damiano, Angelino, Andrea. Si prendevano le pallottole dei cannoni, si infilava la punta del proiettile tra i sassi della maceria e si muoveva il bossolo per allentare la punta (penso nessuno di noi sapesse che la punta se urtata con una certa forza serebbe esplosa!); tolto il proiettile si recuperava la polvere da sparo, che potevano essere quadrucci, striscette o tubetti. Io per esempio presi solo dei tubicini verdognoli che quando li accendevi scoppiettavano e volavano via ad ogni scoppiettìo. Ritornammo a casa il pomeriggio molto tardi. Non so agli altri cosa successe ma a me mamma le suonò di santa ragione!

Il giorno dopo, Marsilio mi disse se andavo con lui alle *"talline"* (galline), come ho già detto aveva problemi di pronuncia, a Colle Cerrati[33] lo chiesi a mia madre e dietro la promessa che non avrei ripetuto *"quello de ieri"* potetti accettare. Stavo aspettando Marsilio quando passarono Emilio, Mario e Damiano invitandomi di nuovo. Risposi che mi erano bastate le botte del giorno prima ed andai a *"Colle Cerrati"* alle *"talline"*.

Stavamo preparandoci per ritornare, quando sentimmo una forte esplosione in direzione del Ponte di Moricone, che in linea d'aria sarà giusto un migliaio di metri. La zona era, ed è, coperta dalla collina del Cimitero dove, poco dopo, si levò una

---

[33] toponimo di un terreno a circa 1Km

colonna di fumo. Mentre risalivamo per ritornare, si sentirono le urla delle donne e qualcuna gridava *"fij mei!"*.

Arrivato, la notizia mi lasciò senza fiato! Corsi subito da mia madre che come mi vide scoppiò in lacrime. Emilio e Mario Cruciani e Damiano Teverini erano morti per l'esplosione nel deposito, Angelino Corvini ferito gravemente. Emilio aveva un anno più di me, Mario uno in meno e Damiano mi pare avesse la mia età.

Dopo qualche tempo, mi domandarono se fosse vero che eravamo andati dietro commissione per riportare a qualcuno la polvere. Ma né io e tantomeno Marsilio ed i miei cugini ci eravamo mai andati prima; quella poca polvere era solo per la curiosità infantile!

Ancora oggi, quando ci ripenso, mi vengono i brividi se fosse accaduto il giorno prima che eravamo tanti di più!

4.3 Di nuovo a scuola e al cinema.

Ad ottobre si riaprirono le scuole e noi che, all'arrivo dei tedeschi, avremmo dovuto frequentare la terza, ci saremmo dovuti presentare in quarta!

Ma mia madre, la madre di Mario L. , quella di Giancarlo M., di Adriana B., di Nannarella D., di Dina N. e qualche altra madre, andarono a reclamare poiché la terza non l'avevamo frequentata in quanto con la venuta dei tedeschi, appunto, la scuola fu chiusa. Così, alcuni di noi, ci ritrovammo a scuola con quelli di un anno più piccoli e fu come se avessimo ripetuto l'anno, rispetto ai molti che passarono in quarta!

Io stetti male parecchi giorni per gli orecchioni e mi ricordo che addirittura il maestro venne e mi portò i compiti; non è escluso, dato che mio padre aveva l'incarico di riscuotere i pagamenti della corrente elettrica, non sia venuto per pagare.

Scrivere del periodo della scuola elementare sarebbe banale e monotono, visto che era quasi scontato ciò che accadeva. In verità qualcosa accadde: Augusto (Pilurusciu) ed io, in seconda elementare, ci trovammo "innamorati" tutti e due di Dina, ma lei non lo sapeva! Dina era mora con gli occhi quasi viola; era bellissima.(Dopo quasi vent'anni, che ci rincontrammo io e lei, lo seppe finalmente e ci divertimmo scoprendo che non si ricordava nemmeno di essere venuta a scuola con noi!); era sempre bella ma aveva qualcosa di diverso nello sguardo di quello che mi ricordo da bambino... e pensare che io ed Augusto, allora, ci siamo guardati in cagnesco fino a quando, in quinta, non l'ho raggiunto e sedevamo uno vicino all'altro nel banco! Tempora currunt e da grandi siamo rimasti ottimi amici.

Al Dopolavoro c'era un sala grande predisposta per le proiezioni con la macchina cinematografica, mai sistemata per tale scopo; così mio padre, Vincenzo de Rosa (uno dei napoletani sfollati nel '44) e Peppinello Petrocchi, fratello del maestro Luigino, si misero insieme per usare la sala. Sostituirono la macchina, evidentemente troppo antica per le pellicole di diverso formato e, dopo aver fatto le poltrone di legno, a Moricone arrivò il cinema!

L'aver fatto le poltrone non è un lapsus: le poltrone di legno le fabbricammo noi! Papà e Petrocchi fecero tagliare delle piante di ciliegio secche che avevamo in campagna.

Nella falegnameria del compare Mario Fedeli, furono preparati i legni per le poltroncine a tre posti, incastrabili tra loro (ideate da mio padre); mio fratello ed io fummo incaricati di preparare i legni selezionandoli in base alla loro funzione. Ci divertimmo molto e qualche volta veniva anche qualche amico con noi. Tutti i giorni, usciti da scuola e fatto i compiti, ci precipitavamo "al cantiere" come diceva mio fratello che ormai non andava più a scuola. Siccome zio Oscar era tornato da Roma e stava quasi sempre a Moricone, ci aiutò molto essendo pratico, perché da ragazzo aveva lavorato nella falegnameria di zio Anacleto che da anni aveva smesso e lavorava al Comune di Roma.

Tutto ciò che racconto sarà sicuramente monotono, ma è uno spaccato della vita post bellica che si conduceva.

Così avevamo, finalmente il cinema a Moricone, senza aspettare eventi particolari che si vedeva, a volte, il film all'aperto! Uno dei primi, con Tom Mix, fu "Pistole fiammeggianti" poi "Il re del far west" e "Tom Mix alla riscossa"; poi i film con Ridolini (Larry Semon); "Catene" e "La cena delle beffe" con Amedeo Nazzari; "Cavalca e spara" con John Wayne; "Robin Hood" con Errol Flynn... e via ricordando.

Fu un periodo molto bello, per noi ragazzi; a casa, invece, cominciai a sentire mio padre lamentarsi della scarsa resa, per il lavoro che richiedeva mantenere la sala cinematografica. Non lo avevo mai sentito lamentarsi di nulla! Mia madre, un giorno che si ripetette la lamentela, gli disse di chiudere e *"Ammene"*! Al che lui rispose che ormai erano in ballo e avrebbero continuato, soprattutto per il decoro del paese: «Non è giusto che i giovani non abbiano una sala cinematografica!» disse. Non se ne è più parlato ed il cinema, almeno per allora, continuò.

Ricordo che di tanto in tanto, a mio fratello o a me, Vincenzo il napoletano o zio Merino, ci portavano con loro a Roma per prelevare e riconsegnare le pizze di pellicola o alla Minerva Film o alla De Paolis Cinematografica.

Ad un certo momento, si cominciò a parlare di allestire nella sala un palco scenico e fu fatto.

Io frequentavo la quarta elementare. Le maestre decisero di farci fare una recita al cinema visto che il palco c'era! Si rappresentò Pinocchio. Io fui l'interprete principale. Fummo tutti bravi a detta sia del gruppo insegnanti che della gente venuta a vederci. Vennero scolaresche anche dai paesi limitrofi; il Messaggero pubblicò un articolo e siccome nessuno fece le fotografie, Frappetta Erminio disegnò i nostri profili ed io ci bisticciai, perché il mio ritratto sembrava una caricatura e mi disse che non era colpa sua se meglio non potevo venire! Fu l'incipit poiché si formò una filodrammatica e ci furono rappresentate, per diverso tempo, delle recite.

Mi ricordo che di tanto in tanto ospitavamo piccole compagnie da Roma; ospitare è il termine giusto, in quanto spesso mamma li rifocillava con una spaghettata a mò di cena, visto che a volte non si ripagavano nemmeno le spese di viaggio. Abbiamo ospitato F. Fiorentini, F. Sportelli con cantanti, poi diventati molto noti: sembrerà un'invenzione la mia, ma Claudio Villa (quando non era il Villa che anni dopo veniva a caccia con la moto e sicuramente aveva dimenticato la fame patita!) una sera che mamma aveva preparato qualcosa che a lui non piaceva e mia madre gli propose l'uovo al tegamino. " Ma pé carità, sora Cccì, lassamo perde!" Così rimase senza cena.

È da notare che il mangiare era gratuito!

Sic transeat gloria mundi!

Ma torniamo a parlare di noi che abbiamo passato ore su ore a far sì che tutto funzionasse nel migliore dei modi. Soprattutto i nostri genitori che non hanno mai anteposto gli interessi personali alla serietà del proprio operato! Mi viene in mente un episodio che lascia perplessi: stavamo in bottega a mettere in ordine la pasta appena scaricata da De Cupis, venne una cliente che chiese a papà di prepararle il conto sospeso che voleva pagare.

Era un sistema collaudato: si faceva spesa a "credenza" e ogni fine stagione, se il raccolto andava bene, si saldava oppure davano un acconto. È da notare che parliamo dell'immediato dopoguerra e quindi c'era stata la svalutazione della moneta italiana e come ho accennato in altre pagine giravano ancora le am-lire. Notare che un quintale di farina costava, prima, intorno alle 17 lire ed un quaderno mi pare 4 soldi.

Mio padre prese il libro dove segnava i clienti in sospeso dei pagamenti (era un libro mastro circa 30x45 spesso circa 8 cm.), trovò la pagina e lesse ...totale £. 27,15. Praticamente quasi una stagione di spesa. La donna disse che andava a prendere i soldi e poco dopo tornò con un uovo! Mio padre le chiese:

« *Che vordì?*» E quella rispose che un uovo costa 30lire.

Al che mio padre: «*E quindi t'arria da rédà ó restu?*»

E lei: *"Dammece tre piscitti!"* (pescetti di liquirizia dal costo di 1 lira l'uno)

Papà:«*Veramente sarrianu dua e mézzu! Ma sa che fa? Repiate pure l'ovo!*»

La donna, inoltre, voleva che comunque fosse stata cancellata dal registro e mio padre le disse che non lo avrebbe fatto per la memoria ai posteri! Tanto uovo più, uovo meno...tutt'al più avrebbe potuto pretendere un pulcino!

Sono ricordi indelebili!

A proposito della spesa "a credenza", un giorno, involontariamente, mentre ero a fare i compiti, ascoltai il dialogo tra mio padre ed una nostra comare che aveva anche lei il negozio; diceva a mio padre che lui sbagliava: avrebbe dovuto ricaricarci qualcosa per compensare il tempo di non incasso del dovuto. Papà ne restò sconcertato!

4.4 Alle scuole medie

4.4.1 Prima media

Mi meravigliavo molto, quando qualche anziano raccontava o della Grande Guerra o di qualche altro avvenimento della propria vita e, come si dice, saltava di palo in frasca! Mi sto accorgendo che accade a chi racconta senza inventarsi niente e che nel parlare gli tornano in mente dei fatti.

Tra un ricordo e l'altro siamo arrivati alla mia quinta elementare. Già in terza mia madre mi mise il bastone tra le ruote; in quarta si mise d'accordo col maestro Petrocchi di farmela ripetere perché essendo piccolo non mi vedeva adatto al lavoro (a mio fratello gli fece ripetere la quinta per due volte per lo stesso motivo, sempre d'accordo col maestro Vicari) al momento di passare in quinta, avevo paura che mi succedesse di nuovo e quindi misi le mani avanti dicendo di voler andare a Palombara Sabina dove privatamente si poteva arrivare alla terza media.

Veramente, c'è da dire che la voglia me la fece venire Alessandro Velli, padre di Maria Luisa che mi disse di suo figlio Lino che andava, con Romano, a Palombara privatamente.

È bene ricordare che in tutto il mandamento, all'epoca, per le scuole medie e superiori si andava o a Roma o a Tivoli. Infatti nel 1944 mio fratello andò a Tivoli perché s'era preparato per l'esame di stato ma proprio quel giorno bombardarono a Tivoli e tutto finì.

Nel mio caso, per fortuna, alle scuole dei paesi viciniori furono avvisati i responsabili che a Palombara Sabina, se avessero raggiunto il numero, avrebbero aperto le scuole medie statali.

Il giorno dell'esame di stato saremo stati quasi duecento ragazzi provenienti da Marcellina, Monteflavio, Moricone, Montorio, Nerola, Monte Maggiore, Montelibretti, Stazzano, Rotavello, Cretone, Castelchiodato e ovviamente da Palombara Sabina.

Fu un'ecatombe: tre promossi, una ventina rimandati e gli altri bocciati. Sembra che fu perché la Commissione veniva da Tivoli e non avesse piacere che si fossero tolti tanti studenti dalle scuole di Tivoli!

Ci si riprovò l'anno successivo e fu esattamente il contrario e fummo ammessi alla scuola media.

Il primo giorno di scuola fu indimenticabile soprattutto per il viaggio: l'autobus[34], venendo dalla stazione di Fara Sabina e transitando per Monte Maggiore e Montelibretti, quando arrivò alle 7,30 era già strapieno e per prendere posto fu una ressa indescrivibile!

---

[34] allora si chiamava postale, visto che di solito trasportava pure i sacchi postali prelevati alla stazione ferroviaria

Nessuno di noi sapeva che ci sarebbero state due corse quasi contemporanee: quella, appunto, che veniva dalla stazione di Fara Sabina e una che veniva da Montorio-Nerola-Acquaviva, subito dopo; inoltre c'era anche quella che scendeva da Monteflavio e c'era la fermata al bivio (circa quattrocnto metri dalla fermata "del Dopolavoro").

Non sependo tutto ciò, fummo presi dalla paura di non poter prendere il posto; così ognuno cercava di entrare prima dell'altro e quindi la ragione delle ressa, per la gioia del fattorino dell'autobus, che dovette fare i salti mortali per riscuotere i biglietti (l'abbona- mento ancora non si faceva e subentrò in seguito e si faceva direttamente sull'auto).

In seguito, non è che fossero rose e fiori, come si dice: c'era quasi sempre da stare in piedi, ma si saliva sull'auto con una certa tranquillità.

Dopo qualche mese, noi di Moricone e cioè Giancarlo, Luigino(Ciccio), Luigino S., Oliviero ed il sottoscritto, decidemmo di andare a scuola in bicicletta! Non aderirono Francesco, Luisa e M.Luisa. Cosicché gli altri guadagnarono sei posti in auto.

Tutti i giorni per noi era come se andassimo in gita, fino a che non si arrivava a Palombara, dove ci svegliavamo dal sogno solo a vedere la torre del castello sotto la quale era situata la scuola!

Dopo qualche tempo, anche Francesco si aggregò a noi "ciclisti".

Dal canto mio, era tutto diverso dagli altri: mi stancavo presto e restavo sempre indietro dal gruppo; ero molto più impegnato in quanto per diverse ore dovevo stare al bar per "aiutare" mio fratello; aiutare tra virgolette perché sistematicamente lui se ne andava, con altri cilisti, con la bicicletta da corsa ed io, mentre studiavo, dovevo servire al bar i soci. Soci perché il bar praticamente era il Circolo ENAL e loro erano i frequentatori.

La mattina per noi, mio fratello ed io, cominciava alle tre di mattina perché dovevamo accendere la macchina per il caffè, dato che alle quattro scendeva l'autobus da Montreflavio; molti passeggeri scendevano per aspettare la coincidenza che li portava alla stazione di Fara Sabina, mentre l'auto preseguiva per Palombara. Nel frattermpo venivano a prendere il caffè da noi. La macchina "espresso", allora, diventava tale solo dopo quasi mezz'ora e cioè dopo che si fosse scaldata l'acqua della propria caldaia. Tra il prepararsi ed andare da casa al Dopolavoro, impiegavamo circa un quarto d'ora, mio fratello propose di mettere due brandine sopra al bar, dove c'era un ripostiglio accanto alla cabina di proiezione. Mamma non era tanto d'accordo, ma alla fine la proposta fu accettata. Ho sempre pensato, ripensando al fatto, che mamma non fosse d'accordo perché perdeva il controllo del nostro rientro a casa; effettivamente la sera tardi quando rientravamo (spesso, soprattutto mio fratello, dopo la chiusaura ci si intratteneva con gli amici) lei era sempre sveglia, a rammendare o a sferruzzare accanto alla radio ad ascoltare Radio Bucarest mentre ci aspettava!

«*Mà! Ma che stà a sintì? Quissi parlanu ostrogoto!*»

"*Quale strocoto! Quisti parlanu murricónese! Io 'i capiscio bene!*"

«*Beata a te!*» le disse una sera Piermichele.

Così, il giorno seguente sistemammo le brandine, la luce e ci organizzammo con la sveglia. Non l'avessimo mai fatto! Al settanta per cento dovevo alzarmi io per accendere la macchina. Un giorno, caricando la sveglia, si ruppe la molla. Lui, mio fratello, si mise d'accordo con Alberto il pecoraio che tutte le mattine, intorno alle tre e mezzo, passava per andare al gregge e suonava un campanelo che Piermichele aveva istallato. Una mattina non sentimmo il campanello e facemmo tardi e quindi dicemmo ad Alberto di insistere qualche secondo sul pulsante: dalla mattina seguente, incastrava il pulsante con un fiammifero!

Dopo qualche mese, papà si decise a cambiare la macchina espressa e tutto rientrò nella normalità e tornammo a dormire a casa.

Non dovendo più attendere tanto per scaldare la macchina, a scuola non avevo più sonno e cominciai ad andare meglio nello studio ed ero meno stanco in bicicletta. Anzi, gli unici che non riuscivo a "staccare" erano Giancarlo e Luigino S. che invece mi lasciavano indietro.

Quando pioveva, per chi viaggiava in autobus, era festa poiché anche noi dovevamo prendere l'auto e non essendo "inquadrabili" dai fattorini, per gli altri eravamo una boccata d'ossigeno! Mi ricordo che Eleuterio, il più "cattivo" dei fattorini, quando pioveva era imbestialito e non solo tremendo come al solito!

Per quello che riguarda l'andazzo della scuola, non starò a particolareggiare, poiché credo che si andasse come va la maggior parte degli studenti: alti e bassi, fortuna e sfortuna nelle interrogazioni, secchioni, mediocri e lavativi! Quello che ricordo bene è che noi "ciclisti" spesso eravamo presi ad esempio perché facevamo anche lo sforzo di andare a scuola in bicicletta. Chi era più presa da questo fattore, era la Secondiani insegnante di Matematica e Vicepreside "specchiatevi a questi ragazzi" diceva spesso, quando doveva riprendere gli svogliati.

In matematica non ero di certo una cima e quando poi cominciammo con l'algebra mi ci volle un po' prima di riuscire a sostituire "ab" con i numeretti; però quando riuscivo ad inciampare in un sei, diceva a chi rendeva un po' meno di me "specchiatevi a Camilli che malgrado venga in bicicletta....." e non ho mai capito perché non citasse Oliviero o Francesco che raramente scendevano sotto il sette e mezzo pur venendo anche loro in bicicletta!

Per le materie letterarie, soprattutto l'italiano, non ho mai avuto problemi. Quando, poi, la professoressa di lettere fu sostituita con il professore Imperiali, fu veramente una passeggiata.

Una cosa non avevo capito: come era possibile, essendo il primo anno di esistenza della "Scuola Media Statale "Alfredo Bucciante" che ci fossero anche la seconda e terza classe già funzionanti! Forse venivano dai corsi privati che a Palombara c'erano da qualche anno? Non ho mai approfondito!

4.4.2 Seconda media

In seconda media ci arrivammo quasi tutti ad eccezione di un ragazzo e due ragazze; in compenso trovammo altri quattro rimasti in seconda. La novità più immediata fu che i ragazzi eravamo separati dalle ragazze.

Il primo giorno me lo ricordo per un fatto indimenticabile: stavamo sistemandoci nei posti, cercando di trovarci tra amici vicini di banco che entra la Petrilli e con la sua "simpaticissima" voce intima di sederci immediatamente come ci trovavamo; lei stava sostituendo il nuovo professore di lettere che per un contrattempo sarebbe arrivato in ritardo. Placato il brusìo la professoressa, seduta in cattedra, diede una sbirciata alla nostra disposizione e dopo l'occhiata cominciò a farci spostare di banco; Pompili e Camilli uno con Conio e l'altro con Galanti; Lucci e Valenti uno con Giovannini e l'altro con Cottatellucci...insomma ci scompagnò quasi tutti. Stava aprendo il registro che, con una certa violenza, si aprì la porta e comparve un uomo parzialmente calvo, con la giacca sul braccio sinistro con in mano una borza di cuoio, tutto ansante e chiedendo scusa alla professoressa le strinse la mano. La professoressa augurandogli buon lavoro uscì.

Lui posa la borza sul tavolo, la apre, ne trae alcune carte, posa la borza di fianco alla cattedra, siede e, senza dire neanche buongiorno, apre il registro e con la voce stridula che io e penso anche gli altri di Moricone, conoscevo bene, dice: «Facciamo l'appello, così saprò con chi parlo!»

Era Primo De Fulvio di Moricone, dove lo chiamavamo "*Primo u prete*"! Tutto pensavo meno che fosse professore.

Lo conoscevo e riconoscevo bene anche la voce: troppe volte l'ho sentito discutere con mio padre e con altri organizzatori della Filodrammatica, che lui riuscì, per migliorarla, a dividerla e dopo qualche tempo terminò di esistere! Ma questo è un altro discorso!

Non fu certo un grande insegnante, mentre tutti ci avevano sempre spiegato e fatto capire cosa stavamo leggendo, lui pretendeva che alla prima lettura noi sapessimo elaborare ciò che avevamo letto!

Aveva anche un'altra abitudine: faceva leggere uno di noi, poi chiedeva cosa avevamo capito; come se chi leggeva non avesse l'impedimento che la maggior parte degli scolari hanno nel leggere agli altri.

Non parliamo poi del latino: lui era stato prete che doveva essere consacrato ma al dunque si "spogliò" e ridivenne, per dire, secolare. Quindi pretendeva che leggessimo il latino come lui!

Dopo pochi giorni, decise di venire in bicicletta con noi così ritornammo ad essere sei, visto che Luigino S. al terzo giorno di scuola decise di smettere! Il professore faceva il fanatico, dicendo che lui andava in bicicletta che noi non eravamo ancora nati così, ogni tanto lo coinvolgevavamo a qualche "gara" e ci levavamo la soddisfazione di dargli "della schiappa!"

Da quando cominciammo ad usare la bicicletta per andare a scuola, qualche minuto, gli altri, mi aspettavano, se a volte accadeva che mio fratello tardava e non potevo lasciare il bar incustodito; arrivato Primo, non mi aspettavano più in quanto lui non accettò e convinse gli altri a seguirlo.

Così di tanto in tanto mi ritrovavo solitario pedalatore impegnato a raggiungere gli altri. Fu proprio in uno di questi inseguimenti che mi trovai a pensare se fossi riuscito a raggiungerli e sentì la voce, inconfondibile per il suo accento abbruzzese, di Padre Antonio che disse "Dai che prima della fiaschetteria li raggiungi". Girai la testa, ma non c'era nessuno! Dopo quasi cinquecento metri, dopo tre curve, lo incontrai che, col suo sacco delle elemosine, a piedi mi veniva incontro. *"Daie Pierluì, se cundinue co chisse passe finita la salite li riacchiappi"* . Non mi sono mai spiegato il perché di questo fatto! Telepatia?

Padre Antonio Acetelli, Passionista nel convento di Moricone, era una persona squisita; lui non era un "torzone" cioè inserviente ma diceva messa ed era molto istruito e paziente con noi ragazzini, però andava a chiedere l'elemosina come gli altri frati laici. Aveva la passione per la filetelia e a me aveva regalato tutti i suoi doppioni dell'Europa e così la mia collezione superò i quattrocento francobolli che mio fratello regalò a nostro cugino Renato, perché, disse, perdevo tempo invece di studiare. Così accadde che, «Visto che devo studiare, io, passato il postale da Monteflavio, torno a casa e mi preparo per la scuola e i tuoi giretti mattutini li farai diventare pomeridiani!» gli dissi. E da quel giorno, per più di qualche mese, partivo sempre insieme agli altri.

Ritorniamo al professor De Fulvio! Sistematicamente, per i compiti a casa, sia che ci desse un tema o altre cose, c'era sempre un brano di latino da tradurre. Ogni qualvolta che per compito ci dava un tema, per me era due: "Non è farina del tuo sacco!" mi diceva e giù due. Ma il voto io me lo ritrovai anche al primo trimestre. Hai voglia a parlarci mentre si pedalava, anzi si peggiorava la situazione. Lo dissi a mio padre il quale mi disse di non insistere che avrebbe fatto peggio e pessima cosa se ci avesse parlato lui.

"Lo conosco bene, io!" mi disse.

Un giorno, come compito in classe, dovevamo trascrivere in prosa un brano dell'Iliade. Mi feci coraggio e gli proposi di farmi fare un tema, così poteva vedere se la "farina fosse del mio sacco" ma lui disse che non poteva e nemmeno poteva cambiare programma; quando, però gli dissi che aveva paura di scoprire che sbagliava sul mio conto, accettò!

C'è da ricordare che io abitavo a Moricone Vecchio e tutte le finestre di casa mia affacciavano ...sui muri! Il titolo del tema fu: "Quello che vedo dalla mia finestra."

«Dai! Fammi vedere questa tua farina» mi disse sarcastico.

"Ci proverò, professò" risposi e cominciai a scrivere. L'incipit fu il descivere i tre fili di corrente che ci passavano davanti ad interrompere la monotonia del muro che io immaginavo non esistesse, descrivendo il panorama che avei visto se... In più immaginai di vedere e sentire il mercato che sarebbe potuto stare nella piazzetta due vie dopo la mia; risultato quattro pagine di foglio protocollo.

Il tema lo fece leggere ad alta voce a Pompili, per il voto chiese alla classe cosa avrebbero dato: si partì dal sette di Conio all'undici di Pompili. Risultato: otto al tema e tolto i due dal registro.

Aveva di queste uscite plateali Primo u Prete!

Anni dopo questi fatti, io adulto e lui votato alla politica, era con un gruppo di altri "politicanti" ed io passando, facevo sempre battute di spirito con i conoscenti, dissi qualche verso del Giusti: *"Un capo armonico, volendo a cena una combriccola di gente amena, si ebbe in animo di scegliter noi, di stessa taglia compagni suoi!"* E lui:

"Si sente che ti ho fatto scuola io!" Ed io:

«Difatti, professó, tu ed il Giusti avevate lo stesso polo magnetico!»

" Cioè?"

«Fattelo spiegare, lui (indicai uno del gruppetto) se non sbaglio è elettrotecnico.»

Ritorniamo alla scuola.

Sembrava tornato tutto alla normalità, quando, il lunedì successivo aspettavamo Primo, il professore, per partire e venne una persona ad avvertirci di partire che non sarebbe venuto.

In classe, arrivò una professoressa nuova. Mi pare si chiamasse Malatesta e ci informò che da quel momento sarebbe stata lei la nostra insegnante di lettere.

Poi abbiamo saputo che era entrato a lavorare al Comune di Roma.

Un giorno, mentre la professoressa stava interrogando sull'Iliade, ascoltando scarabocchiavo sul quaderno degli appunti: volevo disegnare il cavallo di Troia (mi sembra il professor Imperiali ci aveva anticipato come sarebbe terminata la guerra), e mi uscì un cavallo che assomogliava più ad un maiale; riprovai ed uscì fuori quasi un cavallo. Fu istintivo disegnarci due fumetti dove il cavallo scacciava il maiale perché era fuori posto ed uscì questo:

ER CAVALLO E IR PORCO

Se stava a scrufolà tra la cicoria,

quanno sentì 'na voce cavernosa:

"Va via, me sporcherai la Storia!

Lo sai ch'è cosa poco dignitosa,

che proprio io, che so fijo de Troia,

devo da sta' assieme cor majale!"

Er porco arzò er grugno co' gran noia

e vidde quer cavallo eccezionale!

"Io nun capisco", fece er porcello,

"'St'uscita tua m'offende veramente:

pe' via de madre, tu sei mi' fratello;

sortanto er padre ciavemo differente!"

Mi costò la sospensione per l'ora di lettere; perché, non mi ricordo se fu Orsini o Lucci che stavano dietro di me e risero: Pompili, la linguaccia della classe, mi sfilò il quaderno e per farla breve arrivò alla professoressa che appena letto esclamò, non saprei se più arrabbiata che divertita:

« Fuori, fino alla fine dell'ora!»

Di lì a qualche minuto passò proprio la Preside, che aveva l'ufficio due porte più in la, chiedendomi perché stessi fuori aula e spiegatole il motivo, mi disse di seguirla ed entrò in classe. Chiese "il corpo del reato", lesse e guardandomi in modo benevolo mi disse di andare al posto, mentre mi riconsegnava il quaderno disse:

"I bambini non devono scrivere parolacce!" poi alla professoressa

"mettigli una bella nota così impara! Dopo passa e ne parliamo."

In verità avevo il dubbio che mi mettese una nota sul diario da far firmare a papà. Però non accadde nient'altro ed in seguito, quando incontravo e salutavo la Preside mi diceva "ciao caro"; cosa che non diceva agli altri. Mentre la professoressa, come mi vedeva armeggiare con la penna mentre spiegava:

«Camilli stai ascoltando o sei in altri siti?» Ed io ripetevo l'ultima frase della spiegazione che stava facendo. Però anche lei aveva cambiato atteggiamento come se mi ritenesse più maturo.

Mi sto accorgendo che raccontare il passato è intrigante: mi ricordo un altro episodio della seconda media; come abbiamo visto, i ragazzi eravamo separati dalle ragazze e loro stavano in un'aula quasi di fronte alla nostra, per accedervi bisognava salire tre gradini; la porta però era in piano con la nostra e per andare ai bagni ci passavamo davanti.

Un giorno venne Lia, la figlia dell'avvocato Bernasconi (molto conosciuto in zona) dalla professoressa per conto della sua insegnante e quando andò via ci fece un cenno di saluto con la mano che ci teneva una penna stilografica. Erano trascorsi si e no cinque minuti che torna a cercare la penna, la penna non c'era; qualcuno le fece notare che quando era uscita l'aveva in mano. non ci fu verso: asserendo che siccome era un'Aurora88 (costo circa diecimila lire, eravamo nel 1950) qualcuno l'aveva rubata, diceva lei. Insomma arriva la Petrilli, sua insegnante, ci fa alzare, mettere in riga e mentre Lia cercava tra i banchi lei comincia a guardarci nelle tasche, al che io dissi rivolto a Giancarlo un "mani in alto" e lei mi diede un sonoro ceffone; la mia reazione fu che le diedi una botta sulla mano che mi stava mettendo in tasca dicendo che nemmeno mio padre mi ha mai dato un ceffone e che lei non se lo poteva permettere:

"Chiami i carabinieri, e ci faccia perquisire! Ma lei non si azzardi più a toccarmi!".

Dopo di me Giancarlo, poi Pompili insomma dovette smettere di perquisirci. Lei disse che non sarebbe finita lì e che avrebbe di sicuro chiamato i carabinieri. La nostra professoressa volle accertarsi, interrogandoci, se poteva stare tranquilla e fu rassicurata. Anzi Filippo Tosi aveva anche lui una Aurora88 e si era un po' preoccupato, se nonché Ippoliti lo tranquillizzò ricordandogli che tempo prima la stessa Petrilli aveva adoperata quella penna.

Chiesi di andare al bagno, dietro lo sfottìo della classe: dicevano che avevo avuto paura! Come uscìi dall'aula, vidi Rosina la bidella alle prese con la porta dell'aula della II A che non si chiudeva; mi avvicinai:

«Che succede Rosì»

"L'ho aperta mezz'ora fa per pulire e mi sono accorta che non l'ho richiusa bene e ora non si chiude: s'è storta!"

Le feci notare che non era la porta storta ma sicuramente c'era qualcosa tra il gradino e la porta! Mi guardò come se ve avesse visto un genio, "già, e chi ci ha penzato?" ed aprì completamente la porta: c'era l'Aurora88 di Lia!

Non voleva che la prendessi io per riportarla alla padrona, perché diceva lei come facevo a sapere di chi fosse...

«È di Lia Bernasconi!» dissi e salii i tre gradini!

"'Mbè?" disse la Petrilli vedendomi entrare "che modi sono questi? Cerchi proprio rogna? "

«No! Veramente cerco Lia, le ho riportato la penna!»

" Vi siete pentiti, o avete avuto paura"

« Ce la siamo fatta addosso per la paura, così Filippo mi ha dato la sua per chiudere tutto! Posso?» e così dicendo consegnai la penna a Lia, che diventò rossa come un peperoncino.

-Ma questa è la mia!-

Nel frattempo Rosina m'era venuta dietro ed avendo assistito alla scena, mi fece il gesto con la mano tesa agitandola verticalmente come s'usa per minacciare qualcuno ed esclamò in palombarese:

« *Ma che st'addì? No je dà retta, Signorì!?! L'émo retrova èsso né scali arret'a porta!?!*»

Ed io in moriconese le risposi:

«*'O sa com'è Rosì? È che non ène che èsse struiti o tené i sòrdi te fau divendà perzone serie!*» Salutai ed andai finalmente al bagno!

Quando rientrai in classe dissi che era tutto risolto, raccontando l'accaduto e la professoressa mi disse che stavo cercando di essere bocciato per l'impertinenza! Fu Pompili che rispose:

-Pofessoré, meio impertinenti intelligenti che pecoroni e mediocri-

" Tu ne sai qualcosa, vero Pompili?"

Sarà meglio sorvolare sui rimanenti giorni della seconda media altrimenti il diploma di terza, che ai miei tempi era già una conquista, lo prenderò dopo la pensione!

Inoltre certi fatti e certe situazioni sono ripetibili ed a volte universali nel mondo della scuola.

Per esempio il bullismo c'è sempre stato ma era più raro e più attenuato. E non è, come dicono alcuni, perché c'erano meno studenti: c'era più modestia e rispetto per gli altri.

4.4.3 Terza media

Finite le "vacanze" si ritorna a scuola e agli studenti ciclisti non si aggiunsero altri, anche se eravamo aumentati i frequentatori la scuola media a Palombara Sabina; anzi Luigino (Ciccio) ci abbandonò e non mi ricordo se, essendo stato bocciato in seconda, ha continuato e prendesse l'autobus; sta di fatto che non faceva più parte del nostro "gruppo studenti" anche se nelle scorribande extra scolastiche faceva parte degli amici. Sicuramente, in questa mia passeggiata nei ricordi, ce lo ritroveremo di sicuro, in quanto siamo sempre stati vicini. Ma sono quegli strani scherzi memnonici incomprensibili che ti cancellato alcuni fatti.

Ho scritto vacanze tra virgolette, poiché di vacanze vere e proprie, noi, non ne abbiamo avute!

Ma torniamo a scuola.

Secondiani, Petrilli, Malatesta, Silvi, Don Lorenzo, la Preside ed il Segraterio (Erino Ippoliti) sono rimasti sempre nel gruppo insegnanti e dirigenti.

Al primo giorno, all'ora di lettere ancora una nuova faccia, per molti altri due: Cardone Franca, lettere e Frappetta Erminio, disegno; Frappetta, per noi moriconesi non era una faccia nuova, portroppo, essendo un rompiscatole che abbiamo conosciuto e ci abbiamo avuto a che fare alle elementari (nella recita di Pinocchio), dove recitammo Francesco (Geppetto), Giancarlo (Mangiafoco) ed io (Pinocchio); c'erano anche, che frequentavano le medie a Palombara, Maria Luisa (Fatina Azzurra) e Luisa (il Grillo).

La Cardone aveva lo stesso metodo di Leo Imperiali e ci faceva quasi appassionare allo studio, soprattutto per il latino! Ci scriveva o dettava ad uno di noi una frase sulla lavagna e, diventava una gara, dovevamo individuare se ci fosse stato e dove un errore! Non ci rendevamo conto, allora, che "i piedi ", "i giambi" della metrica che ci spegava lei, l'alto ed il basso, il corto ed il breve lo facevano in quarto ginnasio e poi, addirittura al primo liceo![35]

Un giorno fece scrivere a Margottini la frase *"In girum imus nocte et consumimur igni"* dovevamo trovare cosa avesse di particolare questa frase o se ci fosse qualche errore.

Chi disse che consumimur essendo deponente forse reggeva l'accusativo, chi l'ablativo, chi addirittura avrebbe messo *in nocte* e quando io dissi che era una frase "palassindra" tutti a ridere; la professoressa fece un cenno con la mano per azzittili e disse:

"Palindromo volevi dire?"

« Sì professoré, così volevo dì!"

" Bravo! Ma come lo sai?"

« Có mì padre famo le parole cruciate e conosco le sciarade, gli anagrammi, l'intarsio...»

"Ho capito! Però, ragazzo mio, se tu non impari a parlare italiano, non spontellerai dal sei! Fai dei bei temi ma se non impari che il romanesco non è italiano...E dovresti anche capire che la brutta copia, nei temi in classe, serve per correggere l'ortografia e la sintassi, non per aggiungere argomenti: ci fosse un compito che non hai allegato il resto della brutta che non fai in tempo a copiare!"

Oliviero le chiese cosa volesse dire quella parola e risposi io che leggendola al contrario era come **non,** ma la professoressa precisò che derivava dal Greco e sgnificava nei due sensi!

Questo per far capire cosa intendo dire per insegnante che sa insegnare. Come ho già detto, se uno si mettesse a accontare ciò che ricorda man mano che racconta....

---

[35] allora dalla terza media si proseguiva con il quarto e quinto ginnasio per accedere al liceo.

Mi viene in mente che Oliviero, dopo svariati anni la incontrò, si riconobbero e mi portò i suoi saluti e si ricordava di noi!

Gli disse che per lei fu una bella esperienza e noi le demmo belle soddisfazioni.

Contrariamente a Frappetta che, sicuramente era un bravo disegnatore e, se avesse avuto un po' più di cultura, anche bravo pittore ma non aveva metodo per insegnare ed era irascibile. Lui diceva che ero impreciso e pasticcione ed in parte era vero, dato che nessuno s'era accorto che fossi astigmatico e pertanto non riuscivo a vedere bene la perpendicolarità di una linea e a volte non terminavo precisamente ai punti di congiunzione e cancellando, si sporcava il disegno. Ma i disegni a mano libera li facevo (e faccio all'occorrenza) abbastanza bene. Ma siccome "ero pasticcione ed impreciso" non sapevo disegnare! Basta dire che, nei compiti a casa, Oliviero mi faceva i compiti di matematica ed io gli facevo i disegni a mano libera: ai miei disegni il voto più alto era cinque; quelli che facevo per Oliviero il voto più basso era sei. Comunque, forse era supplente, è durato qualche mese poi è cambiato il professore di disegno.

Passano gli anni, si arriva ad un certo momento che nelle frequentazioni, si diventa amici a prescidere dalla dufferenza di età, percui ci siamo ritrovati, Erminio ed io, a frequentarci avendo amici in commune e di conseguenza lui ne ha fatto parte; anche perché la sua non era cattiveria, ma il modo di fare di chi vorrebbe essere chi non può essere. Si bisticciava, ma dopo pochi minuti, soprattutto per lui, non era successo niente! Quando è morto, malgrado tutto, ci è mancato!

Sembrerebbe che la predestinazione sia una cosa che mi appartenga: il teatro! Infatti anche alle medie ho recitato! Organizzarono la recita scolastica e nella nostra classe scelsero Ippoliti Alberto e me. Recitammo due poesie di Trilussa e fummo molto applauditi.

Come ho già detto in precedenza è bene non scavare molto nei ricordi o si rischia l'inconcludenza.

Comunque sia, arrivammo a sostenere l'esame finale e non ricordo chi fu bocciato, ma furono un paio mi pare.

Quando andammo a vedere i quadri, come ci eravamo messi d'accordo, in bicicletta andammo a Cretone alla sorgente dell'acqua sulfurea a farci i bagni; per l'occasione venne anche Stradella in bicicletta, benché lui abitasse alla casa cantoniera sulla via Salaria dopo il Km 47, sotto Nerola (vicino la casa del famoso "mostro" Picchioni) e cioè circa venticinque chilometri da Palombara. Per me fu una fortuna! Mi salvò la vita, credo!

Ecco perché.

Oggi, nel luogo citato c'è un impianto regolare ed organizzato e cioè "le Piscine di Cretone" e Cretone è frazione di Palombara; nel periodo di cui parlo, non era aperto al pubblico, anche se abusivamente ci si andava dai dintorni, soprattutto i ragazzi, ma erano tre grandi pozzi, dai bordi sterrati e tutta erbaccia intorno.

Dunque visti i quadri e considerato che eravamo tutti promossi, Oliviero, Stradella, Giancarlo, Francesco ed io montammo in sella e Giancarlo in testa (era il più pratico della strada) arrivammo ai pozzi. Non c'era anima viva! Cominciammo a nuotare, prima con una certa prudenza poi finimmo per fare gli "spacconi". Francesco ed il sottoscritto i più imbranati! Non so chi cominciò a far finta di affogare e sembrava ci divertissimo molto; io ero arrivato, probabilmente, molto vicino alla sorgente perché l'acqua era molto più fredda e frizzante. Li chiamai per farli venire dove mi sembrava fosse meglio ma loro continuavano a giocare. Ad un certo momento, non vidi altro che un chiarore fortissimo e mi mancava il respiro; tentai di accostarmi al bordo tentando di aggrapparmi all'erba ma evidentemente non ci arrivai, poiché mi senitì afferrato per i capelli e mi ritrovai sull'erba e cominciai a rivedere. Vidi il faccione quasi quadrato di Stradella!

Cos'era successo? Fu lui, Stradella, che mentre mi spingeva con ambedue le mani sotto lo stomaco dicendo "respira, respira" , mi disse che stavo affogando sul serio. Fortunatamente, disse poi, che si era accorto che non giocavo ma andavo giù senza ritornare a galla. Non ho più saputo nuotare e da quel giorno, se l'acqua mi arriva sopra l'ombelico rimango impietrito e non riesco a muovermi; uso solo la doccia e nella vasca già in ginocchio sto male; oppure l'acqua deve essere quasi bollente!

Stradella era figlio del capocantoniere di un tratto della Salaria e prima di arrivare a Nerola, stava in provincia di Latina, in un paese vicinissimo al mare.

4.5 Insegnanti da ricordare.

4.5.1 Cleofe Secondiani

La Secondiani è l'insegnante che per prima mi viene in mente quando ripenso alle medie e credo anche agli altri. Indossava sempre una sciarpa e come cominciava un po' di freddo diventavano due ed anche tre. Forse ne faceva una questione estetica visto che nel sottogola aveva un gozzo vistoso. Ogni volta che arrivava, era uno spettacolo: cinque minuti passavano tra scioglimento delle sciarpe, sistemazione delle dette e controllo della vistosa borza; preparazione miticolosa della disposizione registro, matita rosso-blu, un righello nero a parallelepipedo con bordi dorati, i libri disposti su due pile; mentre si svolgeva il rito, ovviamente noi non consideravamo di essere in aula, come era pronta il suo acuto modulato: «Ragazzi! Ra-ga-zzi! Insomma! Pompili se-du-to!" e batteva sulla cattedra col righello. Quando non aveva il righello a portata di mano metteva la matita in verticale e la batteva sul ripiano; però da poco cominciavano a circolare le matite con la gomma dietro e noi avevamo sostituita la vecchia con il nuovo tipo, così il ticchettìo non si sentiva.

Allora si accorse che non era la solita matita e chiese chi l'avesse sostituita.

"Camilli, professoré " rispose Orsini.

«Perché?» chiese girandosi verso di me

-Professoré è una nuova matita che da qualche giorno papà le ha riportate in bottega e pensavo di farle una sorpresa- risposi fingendo ingenuità.

«E me l'hai fatta! Però ridammi la mia: questa non va bene!»

-È sul bordo della lavagna...- e mi alzai per andare a prenderla

« Resta seduto! Ma se tu pensi che una matita ti basti per aumentare il tuo scarso sei, sbagli di grosso!» e si riprese la vecchia matita, mettendo la nuova dentro il cassetto.

Come se avesse voluto provare la validità del ticchettìo:«Cominciamo!» disse, ticchettando con la matita sul ripiano.

Quando volevamo saltare l'ora di matematica non abbandonando l'aula, bastava che uno le facesse una domanda sull'astronomia ed era fatta: cominciava a parlare dell'Universo, dei pianeti e a volte non si accorgeva nemmeno della campanella che suonava la fine dell'ora! Aveva preso confidenza con la matita che le avevo regalata e la batteva sul ripiano quasi con gusto, dal momento che, grazie alla gomma, rimbalzava. Così, e a distanza di anni mi vergogno per allora, ebbi l'idea che bastava modificare il retro della matita per farle uno scherzo: con la pazienza del certosino, feci sì che l'apparato posteriore della matita fosse retto da una molla ed alla gomma infilai una semenza (per molla usai la molla di un interruttore "a pera", essendo leggera e piccola); tra la testa della semenza e la base della matita misi una di quelle cartucce esplosive singole delle pistole giocattolo. Dopo qualche sbattuta (l'avevo collaudata) la cartuccia scoppiava con una leggera fiammata. Tutti ci aspettavamo lo sparo, quando l'esasperammo per farle battere la matita, ma non accadde nulla! Tutti mi gurdarono come si guarda chi sbaglia un rigore. Ma mentre interrogava Fernandina, batteva di tanto in tanto la matita, a me era rimasta in mano quella di ricambio, avvenne lo sparo e lei impaurita istntivamente gettò la matita ed io, che proprio con Fernandina stavo al primo banco, mi affrettai a raccattare per riconsegnarle quella mia ma lei non la volle più vedere. Era una signora, non volle nemmeno indagare chi aveva organizzato il tutto.

Dopo molti anni, la incontrai a casa di una cliente dove andai per un'assistenza TV. Volle il numero di telefono...qualche tempo dopo, le andai a riparare il televisore: non era molto cambiata. Parlando e ricordando le cose, le chiesi se ricordasse l'episodio e le chiesi scusa per allora; lei mi disse che lo aveva capito subito chi poteva essere stato e per questo non fece nulla. Ovviamente ci fu una discussione perché non volli essere pagato e lei invece voleva farlo.

4.5.2 Leo Imperiali

Un giorno, all'ora di lettere, invece di presentarsi la professoressa, mi pare fosse Petrilli, si presentò un professore, con la barba e all'apparenza severo. Nessuno, ad eccezione della Secondiani, si era mai presentato facendoci un discorso di collaborazione; in parole povere diciamo che " se voi non mi fate storie, io farò altrettanto". Era molto giovane rispetto agli altri ed anche di altre. Era il professore Leonardo Imperiali, testualmente disse:"mi chiamo Leonardo Imperiali ma per tutti sono Leo". E più di qualcuno dal primo giorno gli dava del tu e alla nostra perplessità, gli scolari di Palombara dissero che era il figlio di Guido, il cartolaio dove tutti, passando, compravamo ciò che serviva per la scuola e che ci riparava le penne stilografiche (la biro ancora non c'era).

Per farla breve, il primo giorno della sua presenza in classe, cioè le due ore, passarono velocemente e servirono a scoprire che la sua era una scorza protettiva! Fece qualche domanda qua e là senza farci muovere dal posto, che, ora lo posso dire con sicurezza, gli servirono per orientarsi se dovea continuare così o avrebbe dovuto cambiare metodo di insegnamento.

Eravamo tutti contenti di come ci spiegava le cose e ci fece conoscere il Giusti all'infuori della sfruttatissima "Sant'Ambrogio"; prima di farci tradurre le versioni latine, ci parlava dell'autore per coinvolgerci nella traduzione. Ancora oggi, per esempio, mi ricordo di "Asinio ladro di fazzoletti" (Ovidio).

Lui, vedendo che mi piacevano le poesie, mi consigliò di comprare "Poesie" di G. Giusti della BUR, e l'ho ancora tra i miei libri; nella mia libreria settore Poeti viene dopo Dante e G.G.Belli. Questione di gusti! Sicuramente restò colpito dal fatto che avendoci dato da imparare a memoria "Davanti a S. Guido" in quattro volte, io la imparai tutta subito. Difatti dopo una quarantina di anni, al colloquio con gli insegnanti di mia figlia, alle magistrali, lo incontrai e, sperando di non confondermi, azzardai un "Professor Imperiali!" tendendogli la mano; lui ricambiò e tenendomi ancora stretta la mano:

«Camilli?... Gianluigi Camilli»

"Pierluigi, professore! Si ricorda ancora di me? "

«Come si può dimenticare uno scolaro che studia più di quello che gli assegni?»

Era il preside dell'istituto che frequentava mia figlia!

Salutandolo nell'accomiatarmi, lo ringraziai per avermi, a suo tempo, stimolato "l'appetito" alla rima! Sarà stata un'impressione mia, ma arrossì un po'.

Non ricordo se la prima media la finimmo con lui, perché in seconda non c'era più: sembra che fu allontanato perché socialista.

4.5.3 Primo De Fulvio

In seconda media, al primo giorno di scuola a l'ora di lettere ci ritroviamo in classe la Petrilli! Non solo, ma eravamo tutti maschietti, perché le ragazze erano in un'altra aula.

Era appena iniziata la lezione che qualcuno entrò tenendo la giacca sul braccio ed una borza in mano!

Noi moriconesi ci guardammo meravigliati: era Primo De Fulvio, detto Primo u Prete! Moriconese.

Dopo i convenvoli tra i due inseganti, la Petrilli uscì e rimase Primo che mettendosi seduto disse:

" Silenzio ragazzi. Facciamo l'appello così vi conoscerò uno a uno!" e senza dire altro cominciò l'appello; ogni nome di noi moriconesi che pronunciava esclamava un "Ah!"; quando arrivò alla "S", a Luigino S. chiese se fosse figlio di "Briciulittu"! Luigino, che quando lo interrogavano si vergognava di parlare, diventò come un peperoncino. Questo fatto la dice lunga sulla sensibilità del professore.

Non era, secondo me, la sua professione visto che quando spiegava non approfondiva: lo faceva tanto per rispettare il programma. Si sentiva che le cose le sapeva, ma era come se fosse geloso di farle sapere anche agli altri. Dimostrazione che non ci accompagnò fino alla fine ed andò a lavorare al Comune di Roma.

Me lo sono, poi, ritrovato finquanto non ha finito la sua vita quasi abbandonato sia dall'unico figlio che dal nipote.

È stato sindaco per mezza legislatura, poi i suoi amici di cordata gli hanno fatto lo sgambetto ed è tornato in solitudine nel Palazzo del Principe che acquistò quando era sindaco per una cifra bassissima in quanto la contesssa Sforza-Cesarini aveva cercato di darla al Comune o a qualche associazione per disfarsene. Tant'è che la Contessa inviò una lettera all'Università Agraria di Moricone, quando io facevo parte del Consiglio, per comunicarci che intendeva donare all'Ente tutta la struttura (in verità era rimasto quasi nulla in oltre quattrocento anni di abbandono) del condotto per l'acqua che veniva da Monte Gennaro.

Il professore era in possesso di notizie basilari per ricostruire la storia di Moricone ma non ha mai collaborato e se qualche volta mi ha cercato era per qualche guasto elettrico che aveva da risolvere, ma mi ha sempre coinvolto per la mia speranza di carpirgli qualche informazione, mai avuta con documentazione! Così "non avevo più tempo né mezzi" per risolvere i suoi problemi e ci siamo di nuovo allontanati. È morto quasi in solitudine!

4.5.4 Franca Cardone

Uscito il professor Enzo Silvi, che inizialmente sostituiva la professoressa di francese (sarebbe arrivata con una settimana di ritardo) ci aspettavamo la Malatesta ed invece entrò una giovane donna, abbastanza belloccia, senza trucco, non eccessivamente alta, capelli castano scuro, leggermente ricci e corti. Lo sguardo tranquillo e quasi rilassante. Si siede appoggiando la borsa sulla cattedra e, lasciando passare qualche secondo come per farci riprendere dalla evidente sorpresa, aprendo il registro inizia:

«Buon giorno ragazzi! Mi chiamo Franca Cardone e come avrete capito sono la vostra insegnante di lettere. Non amo troppo i preamboli. Spero che ci capiremo durante questo tragitto e se così non fosse ......peggio per voi!»

Il peggio per voi, fu in tono quasi scherzoso. Inaspettatamente Lucci, uno dei più irrequieti e lavativi di noi disse:

"Benvenuta !"

Non so chi iniziò ma partì un applauso che diventò generale e la professoressa con ambedue le mani faceva segno di smetterla, quando entrò Erino, il segretario!

«Che succede, fate teatro?»

La professoressa, imbarazzata, pensò un attimo per riaversi ma Lucci fu più rapido e disse che la professoressa s'era presentata e siccome ci è piaciuto il discorso abbiamo applaudito.

« Detto da te è una garanzia! Magari quest'anno non andrai a ottobre! Buongiorno signora e mi scusi!»

"Scusi lei!, Buona giornata"

Questo fu l'approccio! Ed in effetti fu un buon inizio e devo dire che con lei abbiamo imparato molte cose, in più qualche volta è riuscita a farci uscire (all'infuori della classica "gita" annuale a San Giovanni in Argentella) ogni tanto per portarci fuori o a vedere Castiglione (Palombara vecchia), le 2 chiese, i vicoli medievali...è l'unica insegnante con la quale abbiamo la fotografia. Credo la ricordiamo tutti!

Concludo con una poesia che ho scritto in una circostanza particolare e che dovevo parlare di ricordi da Palombara Sabina.

SCOLA MEDIA *1949-1951*

1976
Quanno dici a capoccia, dici tuttu:
penzeri 'a musica... l'accordi...
fa collasió 'nni banghi cou prisuttu...
se non fosse pé essa addio ricordi!
E ddó starrìanu l'anni giovanili?
Non sarria certo 'na vita più bella,
non recordasse Masci co' Pompili,
Belli, Della Rocca, De Meo, Sperella[36],
Luttazzi, Servili e Margottini,
Tosi, Ortenzi, i Conio, Bernasconi.
Ippoliti, Paluzzi, i du Latini,
Montagnani, Petrocchi co Iazzoni,
Orsini, Ricci, Luzi, Montalbotti,
Galante, Pasquarelli, Dermilani,
Cottatellucci, Conti co Colotti,
Ferrante, Giubilei, Silvi, Milani,
Tommasi, Tomassetti, D'Agostini,
Vollèra, Venettoni e Stradella.

---

[36] Ovidio Lucci

Recordàssene 'ngora è cosa bella:
repenzane quilli de 'e Scole Medie
che emo fattu, allora, a Palommara;
quanno ce steanu i banghi e no 'e ssedie
e ttoccava ppianà 'nna "Piccionara"![37]
                              Pierluigi Camilli

FINE PRIMA PARTE

---

[37] Scuola Media "A. Bucciante" inizialmente era in un'area del Castello Savelli